Diseño de portada: Margarita Olivar Jiménez
Foto autor: Brenda Pacheco

CLARA

© Gustavo A. González, 2017

uando lo encontraron tenía los ojos perdidos mirando quién sabe a dónde. Era un día cualquiera C a la hora de los gallinazos y allí estaba el hombre, tirado en el suelo con ese estado inerte que tienen los muertos o las personas cuando sufren un desmayo. Aunque estoy acostumbrado a ver cadáveres, nunca he podido evitar el vértigo. De inmediato me sobrevino un vacío en las entrañas como si piedras pesadísimas cayeran en mis tripas.

Es que el tipo parecía estar vivo. No podía concebir cómo a esa hora estuviera tan fresco aguantando ese palo del sol tan fuerte con los ojos abiertos y sin dolerle la cabeza. Me acerqué despacio para llevar a cabo los procedimientos de rigor, los cuales, últimamente en mi caso, abarcan dos disciplinas: la pericia legal y el examen médico. Lo que pasa es que llegué a este pueblo en calidad de juez y notario público, pero me ha tocado desempeñar varios oficios, entre ellos el de forense. Un día, el perito no se presentó al trabajo y desde entonces me tocó a mí hacer las diligencias.

Dicen que huyó, de seguro atemorizado por las amenazas de quienes mataron a su antecesor, quien a su vez tuvo la improvisada tarea de remplazar al anterior, también eliminado en hechos confusos, quizás relacionados. El hecho es que a todo el mundo le pareció que por haber estudiado hasta cuarto año de Medicina eso me hacía un candidato competente. El médico local no quiso saber de muertos ajenos, sobre todo por el final que habían tenido los mencionados funcionarios, de modo que mientras nombraban a un nuevo perito me tocó estrenarme en el oficio. "Solo tienes que verificar que el muñeco esté muerto, pero si te toca un asesinato llamas al Gobierno Regional", me dijeron, como si aquí todos sufrieran de muerte natural.

Ser juez es algo que no comprenden ni comprenderán jamás mis familiares, pues para ellos es como si me hubiera tirado la existencia. Creo que acabaron por convencerse cuando supieron que no iba a ser enviado a un prestigioso juzgado de la capital o al de una ciudad importante, sino a El Matoyal, un pueblucho con fama de tierra de nadie. Y eso que no se imaginan las cosas que hago acá. Para ellos mi oficio tiene que ver con fólderes amarillos, largos expedientes, papeles y más papeles, despachos sucios y grises llenos de gente golpeada y sudorosa que viene de la calle o acaban de traer de una celda, todo para asistir a una puesta en escena donde son decididas las vidas, o mejor dicho, los años por delante de un desgraciado, violador de la ley. Lo cierto es que no están lejos de esa apreciación, pero yo siempre he visto el oficio de juez como el de un mediador, un unificador, como aquel que representa la vara más alta de la justicia con la cual se premian los actos lícitos y se castigan las transgresiones en una sociedad. Está claro que para muchos son ideales que no dan plata.

Mientras mi vida es cambiante, en mi familia las cosas siguen igual. Hace una semana recibí una carta de mi madre en la que me cuenta sus penas y me recomienda "escoger una cosa que me garantice el futuro". Me sermoneó una vez más por haber abandonado Medicina y me repitió el ejemplo de mi hermana Male, que estudió Economía, pero que nunca terminó la carrera por pasarse a Sociología, para luego seguir con Antropología, hacer un doctorado y finalmente dedicarse a enseñar. A mí nunca me pareció un fracaso, digo, porque a Male siempre le ha gustado quemar cabeza y leer sus cosas. Me acordé de mi hermana porque ella tiene un dicho a propósito de la familia y es: "la misma barca atravesando el río". En cierta ocasión le contesté que para mí era "la misma balsa sobre el mismo mar" y creo que no me entendió, aunque el ejemplo abarcaba con mayor extensión el sentido de la metáfora. Es que nunca he podido aceptar ese pesimismo frente a la vida, como si las personas flotaran a la buena de Dios, sin rumbo, cansadas de su propio hastío, a la espera de que pase algo, o lo que es peor, inconscientemente confabulando para que ocurra una tormenta.

Con la carta llegaron los recuerdos de mi ciudad y con ellos empecé a evocar mi época de niño, mis años de colegio y esas cosas y me dije ¡basta!, no puedes perder el tiempo, sobre todo teniendo tanto por hacer. Y es que, aparte de legalizar cuanto documento me traen, de mantener los archivos y revisar expedientes, a mis labores se suman tareas que debería hacer la policía. He terminado por creer que los agentes me mandan los casos que no quieren atender.

Me toca, por ejemplo, escuchar la eterna disputa por los huevos de una gallina paseadora que le da por poner lejos de su nido. Su dueño asegura que puede reconocer los huevos a simple vista y les exige a los vecinos que se los devuelvan. Nunca he podido entender cómo hace para identificarlos, ya que aquí todas las gallinas son pardas, andan sueltas y ponen huevos del mismo color y tamaño. También me ocupan las continuas quejas de un finquero por un puente que llega hasta su terreno. A él no le importa que sea la única vía en los alrededores para cruzar el río y la más conveniente dado que conecta con la carretera. Cada semana viene con sus amenazas diciendo que va a dinamitarlo y que no responderá por el paisano o animal que cruce por él. Yo le sigo explicando que, si lo destruye, luego él tampoco lo podrá usar, "¡prefiero cruzar por otro lado!", me responde. Un día, al escuchar el tono de su enojo, lo invité a que convocara una junta de vecinos para ver cómo resolvían la cosa, pero él me dijo tajante: "¡el gobierno tiene que hacer otro puente y fuera de mi propiedad!"; para salir del paso le dije que haría la solicitud al Ministerio de Obras, de modo que ahora no solo viene a quejarse, sino a preguntar si ya me respondieron. También debo atender al borracho que se bebe la pensión en quince días, y una vez que se queda sin dinero para pagar sus cuentas, demanda que lo lleven a dormir a la estación de policía.

Son casos tediosos que requieren de paciencia y de una sabia intervención para evitar desenlaces fatales, sobre todo porque aquí en El Matoyal muchos no consideran la ley como algo necesario; todos se dicen libres de hacer lo que les venga en gana, por ahí derecho matar a otro si con eso creen que saldarán sus cuentas. Por ejemplo, al secretario anterior lo mataron en una de esas tiendas que funcionan como cantinas con mesas afuera, sillas de plástico y empanadas encerradas en vitrinas. Allí se dan cita todos los estudiantes de las "Harvard de la calle", de esas que tanto pululan hoy en día y que solo ofrecen carreras intermedias que se quedan a mitad de camino entre un sueldo de quinta y un puesto como auxiliar de oficina sin futuro.

Hasta una de esas tiendas de barrio con antesala de cantina tuve que ir a diligenciar el levantamiento del cadáver de mi secretario, a quién aparentemente mataron por bravucón. El que me acompaña ahora es mucho más sagaz, es de apellido Vivas y estudia en el instituto que queda frente a la fatídica estancia. Le he preguntado a manera de desinterés acerca de lo que piensa hacer con su carrera y él me ha dicho que nada, solo vivir, tener noviecita, beber con los amigos, pero eso sí, me asegura que hará lo necesario para conseguir el billete. Obviamente, mi escudero no piensa ni por asomo abandonar el hotel materno.

Y bueno, me he extendido del propósito por el cual vine. Los policías se han quitado la gorra, agobiados por el calor y esperan debajo de un árbol a que ordene el levantamiento del cuerpo, en especial uno de ellos, Portillo, que siempre trae consigo una cámara para obtener mejores detalles del muerto. Una vez concluye, le pasa las fotos a "Chispitas", el reportero gráfico del periódico local para que aparezcan en primera plana. El diario en cuestión se llama "El Matoyal", igual que el pueblo, y debido a las cosas que publica es que los matoyenses tienen tan mala reputación. En sus páginas aparecen hechos sangrientos que superan a las peores películas de terror, así mismo, viejas en pelota junto a artículos apocalípticos, leyendas populares y conspiraciones extraterrestres; todo aderezado con chismes de farándula y notas deportivas a la par de publicidad y avisos clasificados de toda índole. De todo ese contenido, lo único que le pertenece al pueblo son sus muertos, ya que el resto es vilmente copiado de internet.

La publicación tiene tanta acogida que llega a muchos rincones del país, y esto ha contribuido a propagar la idea de que aquí en El Matoyal solo viven ignorantes, cafres y asesinos. Esa mala fama ha hecho que gente de otras partes llame al pueblo "El mato ya" y que sus habitantes carguen con este estereotipo. Es cierto que muchos matoyenses son poco refinados, pero no todos son violentos. He conocido a gente honesta y trabajadora, y cada vez que tengo la oportunidad, explico que eso de los crímenes fue algo que se disparó años atrás con la explotación maderera, y que una vez las compañías se marcharon tras arrasar con los bosques, llegaron los narcotraficantes con sus guerras, de modo que la cifra no corresponde del todo a sus pobladores sino, digamos, a "muertos colaterales".

Los agentes me miran y en sus caras sudorosas adivino lo que quieren preguntarme: "¿y qué tanto se demora?", pero no puedo decirles que a mí el pizco no me parece muerto, que no me gustaría que se lo llevaran para después venderlo y hacerlo desaparecer en el anfiteatro de cualquier universidad. Y claro, los policías deben tener calor, no es para menos, pero ¿¡cómo es que no suda este tipo!?, ¿acaso no siente lo picado que está el sol, calentándonos como papas y cocinándonos en nuestra propia agua? No. Yo creo que se hace el muerto, y, por ende, los muertos no sienten.

Terminé con mi examinación y les comuniqué lo que tanto esperaban:

—Está bien. Llévenselo.

En cuestión de segundos los agentes agarraron el cuerpo y lo montaron en la parte de atrás de la camioneta policial, pero por el afán le golpearon la cabeza produciendo un sonido grave, justo como cuando se descarga un saco de papas.

–¿Qué colocamos en el informe? –me preguntó Vivas–. ¿Asesinato? ¿Muerte violenta? ¿Arreglo de cuentas?

Me puse taciturno, sereno, inamovible y le comuniqué con toda la convicción del caso:

–Para mí no está muerto, pero para efectos del dosier, será mejor que aparezca como "causa pendiente".

Antes de que se fueran los agentes les pedí que no taparan el cuerpo con la misma lona sucia con la que cubrían a todos los cadáveres.

–Déjenlo que tome aire –les dije–. Así la gente pensará que se trata de un borracho que han levantado en la carretera.

Todos se rieron creyendo que era un chiste, parecido al comentario que hice el día que fuimos a hacer el levantamiento de un carnicero que murió de una cuchillada en la axila. El hombre había quedado boca arriba con el brazo afectado por encima de su cabeza mientras el otro lo tenía pegado al cuerpo. Entonces, al verlo se me ocurrió decirles a los que venían conmigo que el tipo quiso colaborar con la autoridad hasta el último momento, al punto que se cercioró de dejar descubierta la herida para así ahorrarle tiempo al forense. Ellos, claro, soltaron la risa igualitica como ahora cuando les dije que no taparan al difunto para que no se ahogara.

Es que hay muertos que parecen demorar su partida al otro mundo y otros a los que no les llega aún su hora. Algunos siguen aquí, muy presentes, escuchando lo que decimos y mirándonos a través de sus ojos vidriosos y opacos. Yo no sé si es que a mí siempre me tocan este tipo de situaciones o qué, pero han sido varias las "resurrecciones" y los casos de catalepsia de los cuales he sido testigo. He visto difuntos levantarse en la morgue y en medio de funerales, y en exhumaciones he constatado el terrible cuadro de sufrimiento que debieron padecer aquellos que fueron enterrados con vida.

Mi experiencia con cadáveres comenzó con las clases de Anatomía en la universidad. Para mí el anfiteatro era como ir al cine: siempre algo nuevo para ver. Llegué a familiarizarme con los cuerpos lívidos y miembros cercenados; la diferencia es que allí los muertos parecen momias y algunos están irreconocibles, a diferencia de los que traen frescos y de los cuales siempre tengo dudas. No crean que el espectáculo es fascinante, que me gusta; para nada, aún me viene el vértigo cuando siento las pesadas piedras en mi estómago precipitándose como por entre un tubo que no conoce fondo.

Al inicio es difícil acostumbrarse a ver tantas personas fallecidas, pero una más, una menos, se termina por no reparar en ellas, en sus vidas o miserias; por eso duermo bien, no sueño cosas escabrosas, ¡qué voy a estar imaginándome espantos ni vainas de esas si a diario encuentro suficiente!

Esos años en la Facultad de Medicina me sirvieron de mucho; primero para lo que he contado, y segundo, para auto recetarme en caso de presagiar o evidenciar algún síntoma de enfermedad. Desde esa época me quedó la costumbre de colocar todos mis cubiertos en la nevera y por ello me gané el título de "misofóbico" a nivel extremo, pero tengo una explicación. No me vino solo por miedo a la suciedad o contaminación por gérmenes. Todo se debió a que en mi cuarto de estudiante había una cama, una silla, una mesa sin cajones, una estufa de dos resistencias y una nevera destartalada que a duras penas servía para preservar los alimentos. Debido a la falta de muebles, aquella chatarra hacía las veces de archivador y hasta de biblioteca. También me sirvió de ropero cuando necesité salir con algo fresco para contrarrestar por unos minutos el horno de la calle. Sin gabinetes ni recipientes donde meter mis utensilios de cocina, la usaba entonces para guardar el único vaso, la única taza, el único plato y la única olla que tenía junto a los tres cubiertos con los que comía y preparaba todo. También mantenía allí mis instrumentos médicos para mantenerlos alejados de las cucarachas. Actualmente, como la electricidad en este pueblo es tan mala y oscilante, he vuelto a dejar mis cubiertos en la nevera, pero esta vez en el congelador. Es la única opción que tengo. Con la poca escarcha que produce logro mantener a raya las bacterias patógenas que abundan en este infierno.

Mi paso por la facultad, decía, me sirvió para muchas cosas, pero sobre todo para que mi familia me dejara en paz por un tiempo. Ya se imaginaban el diploma: Doctor en Medicina, Harel Llano. Sí, mi nombre es Harel. Mis padres escogieron un nombre hebreo, creo que lo habrán visto en algún almanaque pensando que significaba "hijo proveedor" o algo parecido, y crecí con esa idea hasta que decidí investigar su origen.

Resulta que significa "monte o montaña de Dios", o sea, como quien dice, represento una tremenda dicotomía: por un lado, soy una elevación, y por el otro, una llanura. Averiguando aún más sobre mi nombre hallé que me define perfectamente, pues se refiere a un individuo autónomo, amante de la libertad, apasionado de los estudios, que no le gusta seguir el mismo camino de los demás, que detesta la monotonía y quien, por ende, cambiará de empleo. Tiene otras contraindicaciones, como toda prescripción, las cuales no vale la pena explicar. Lo destaco porque eso de los nombres tiene su verdad y por eso hay que escogerlos muy bien. Es como ponerle un sello indeleble a alguien para que cargue con su significado por el resto de su vida.

El hecho es que el "nuevo médico" entusiasmaba a mi familia; situación que también se vertía en mis amigos, todos muy contentos con mi nueva profesión, me decían en la calle, en las cafeterías o en cualquier encontrón de esos que coinciden con la temporada de vacaciones, ¿entonces qué, Llano?, ¿te vas a dedicar a ginecólogo o a partero de clínica blanca?, y yo no les hacía caso, me les reía, pero no de sus impertinencias, sino porque sabía que el chicle de la Medicina ya había gastado su dulzor.

Recuerdo lo descompuestos que quedaron cuando les conté que había abandonado la carrera. A pesar de verme igual de campante, me seguían preguntando con cara circunspecta como esperando malas noticias: "¿cómo te ha ido?", "supimos que dejaste Medicina", "¿qué estás haciendo ahora?"; ya ni les contestaba, pues esos amigos que se quedaron haciendo lo mismo de siempre nunca entendieron que para mí cada cambio ha sido como recibir un diploma, que me gradúo con méritos cada vez que sorteo una situación al punto que ya llevo varias maestrías. ¿Cómo podía explicarles que cualquier rumbo que tomase, por más descabellado o insólito, no iba a descarrilar mi camino?

El golpe les cayó redondo cuando supieron que había comenzado a estudiar Derecho. No entendían la correlación entre ambas carreras, tampoco es que quisiera explicárselas, y así fue como años después debieron aguantarse otro ramalazo:

—Muchachos, gente, familia: ¡soy juez! —les anuncié—. ¿Qué les parece, ah?, ¿les gusta?, ¿pero por qué esa cara? Ni que fuera una decisión disparatada.

—¿No ves hijo que eso no te da futuro, que te vas a morir de hambre entre papeles si es que no te matan por represalia? —dijo mi madre en tono afligido.

—Lo siento mucho —respondí— y también por ustedes que se conforman con una imagen de mí tan plana —repetí a todos los que me hicieron la misma cara—. De malas, porque fueron ustedes los que escogieron verme de un modo que no se ciñe a mi manera de desplazarme por esta vida. Ayer médico, hoy juez, mañana profesor, en un año marinero, en dos promotor, en tres orador, en cuatro detective, en cinco escritor, en seis pensador, en siete cantante, en ocho padre, en nueve apostador, en diez cocinero, en once anónimo, en doce desaparecido, en trece vuelto a ver, y si a los catorce caigo preso, para algo me ha de servir haber sido abogado.

Así se los dije y todos se quedaron con la boca desencajada o haciendo ese meneíto de desaprobación con la cabeza, como quien dice: "a este lo perdimos".

Eso de ponerme distintos uniformes va con mi personalidad. Unas veces lo he hecho por convicción y otras por necesidad, pero, sobre todo, por esa manía mía de decirle sí a todo. Debido a esto y al hecho de que en El Matoyal escasean los empleados públicos y los hombres con agallas, todos dieron por sentado que por ser juez y "médico", aunque no me hubiera recibido, me daba las credenciales suficientes para realizar labores forenses. Por ahí derecho me delegaron la función de ayudar al sepulturero. Poco falta para que me hagan cura y me pidan dar la extremaunción, algo que no está muy lejos de la realidad.

En efecto, como celebro matrimonios y registro a los recién nacidos, muchos me han solicitado una bendición y el bautizo de sus niños. Además, como siempre he tenido predisposición a que la gente me confíe sus secretos, los parroquianos se acercan a mí a contarme sus pecados. No sé qué esperan de mí, si una absolución o que solo los escuche con esta cara de póker con la que me dotó la naturaleza.

Por esa confianza que inspiro muchas veces me he enterado de lo que no debo y he tenido que sortear complicadas situaciones. Pero hay quienes han querido aprovecharse de mi vocación de servicio para involucrarme en planes fraudulentos. Esto último me sucedió un día en que ayudaba al sepulturero, y cada vez que recuerdo los detalles me vuelven los escalofríos. Ojalá hubiera visto un espanto, pero la pesadilla que viví fue real y hasta hoy me persigue.

Ocurrió después del entierro del esposo de una señora, dueña de una boutique en la que vendía adornos, telas, zapatos, sombreros y cuestiones del vestir, una mercancía bastante sofisticada para el campechano promedio y más acorde con el gusto de las esposas y mozas de los mafiosos. El marido murió llegando a su casa, al parecer se cayó y golpeó su cabeza contra el suelo a juzgar por el chichón que se hizo encima de la nuca. Venía bebido y a lo mejor le pasó lo que les ocurre a muchos bebedores: que van caminando, o, mejor dicho, tambaleando, los empujan o tropiezan y entonces se caen, se dan en la testa y quedan ahí tiesos. Aquellos que no se van de inmediato quedan a merced de un traumatismo cerebral mientras el daño interno encefálico avanza. Si a esto le sumamos el grado de alcoholemia, el cuadro empeora por los efectos de la anticoagulación y el descenso de oxigenación en la sangre. Una vez la respiración cesa, el corazón se queda solo y desamparado tratando de levantar al muerto, por lo que de ahí en adelante las funciones cerebrales empiezan a despeñarse como por un desfiladero y la actividad del encéfalo queda irremediablemente comprometida hasta que la última célula del cerebro dice "apague y vámonos". Sé que, en últimas, el que apaga la válvula es el que la instaló, pero eso no impide que trate de explicar la muerte desde un punto de vista médico. Así que eso le debió pasar al esposo de Doña Clara, como se llama la señora que traigo a cuento.

Era un viernes como a las cinco y media de la tarde. Me acuerdo de que le di indicaciones al sepulturero para que repellara bien el cemento alrededor de la lápida del difunto. Es que no soporto que queden las cosas mal hechas por desgano o porque el cliente no esté para verificarlo. La gente se había marchado junto con el enterrador y yo me quedé a arreglar las flores. Estando en esas, vi detrás de un sauce llorón a la señora estrenando viudez. Tenía gafas oscuras, estaba parada con un pañuelito en la mano y parecía mirar hacia la tumba de su esposo, sola, de luto impecable y estrenando hasta zapatos. No le era difícil con una tienda tan bien surtida. Me le acerqué y me llamó la atención la piel de su rostro, era perfecta, sus mejillas rozagantes y su boca no denotaban signos de aflicción. Todo en ella respiraba lozanía.

—Siento mucho su pérdida —dije.

Ella se llevó el pañuelito a la nariz, pero ni siquiera la rozó.

—Ay doctor, no sabe cuánto me reconfortan sus palabras —respondió en tono confidente.

Me pareció raro, pues no éramos amigos y la mía fue una condolencia formal, casi oficial dada mi investidura. Ella siguió apuntando con la vista hacia la tumba y me agradeció esta vez con una inflexión que sentí más acorde a la circunstancia:

—Aprecio mucho todo lo que ha hecho —dijo inclinando la cabeza.

—No me gusta dejar las cosas inconclusas o mal terminadas —expliqué.

Ella se quedó callada y de pronto soltó una frase como si hablara con el viento:

—Voy a estar terriblemente sola.

Sentí su viudez en ese instante e imaginé lo difícil que debe ser despedirse de un ser querido para volver a casa y constatar lo inequívoco de su ausencia.

Improvisar algunas palabras de alivio sonarían huecas y hasta insensibles, así que lo único que se me ocurrió fue decirle algo que terminaría por sellar mi suerte, si es que no estaba sellada de antemano.

—¿Quiere que la acompañe hasta su casa?

Como si hubiera terminado de ver una película, la señora se dio vuelta y empezó a caminar hacia la salida.

—Tengo mi camioneta ahí afuera —hizo una señal con el pañuelito.

Entendí que quería que la siguiera y así lo hice guardando un respetuoso espacio entre ambos. Mientras caminábamos me llegó su perfume, era un aroma diría, semidulce, fresco y joven, el cual se mezclaba con el olor de la tela fina de su vestido y el fieltro de su sombrero nuevo. Llegamos hasta una camioneta de latas plateadas, de marca estadounidense y grande para el tamaño de las carreteras de aquí; ella abrió la puerta, se montó con agilidad y levantó el seguro del otro lado.

—Suba, yo lo llevo —me convidó.

Eran las seis de la tarde y no había razón para volver a mi despacho. *"Luego volveré a recoger mi coche",* pensé.

Durante el viaje ella mantuvo puestas las gafas oscuras, lo cual me preocupó. Aquí oscurece muy rápido y a este pueblo lo dotaron con unas luces mortecinas que sirven más que todo para atraer polillas y murciélagos. En la obra del alumbrado público se pueden deducir varias cosas: que el ingeniero se rajó en el cálculo de lúmenes por área, que el surtidor entregó bombillos de menor potencia, o que el contratista se comió una tajada al poner los postes más separados para ahorrar material y horas de trabajo. Lo que resulta más vergonzoso es que nadie demandó una corrección, o si la hubo, alguien pidió su parte para que la demanda no prosperara. A la negligencia se le suman los focos fundidos y los que han volado a punta de pedradas los atracadores y muchachos aprendices de maleantes, de modo que manejar por estas calles es como adentrarse en un túnel sin salida.

Decía, pues, que ella conducía con las gafas puestas y, para acrecentar aún más mis nervios, no se detenía ni en intersecciones ni en lugares poblados; la conductora trataba de evitar los huecos de la carretera, por lo cual hacía que los faros de la camioneta apuntaran a todos lados, y con cada maniobra yo me llevaba unos sustos tremendos cuando veía saltar la figura de alguna persona o un animal poniéndose a salvo. Por un instante me cruzó por la mente que a lo mejor ella, presa de la congoja, buscaba estrellarse o lanzarse por un barranco, pero su destreza a la hora de meter los cambios me confirmaba que sus sentidos estaban alertos.

Hay algo en las mujeres que operan con pericia la caja de velocidades, las que manejan con firmeza, las que miran la carretera con aire de reto y que en las curvas mantienen el pulso firme; tal vez no se dan cuenta o lo hacen a propósito, pero proyectan un alarde cargado de sensualidad que las hace atractivas. El hecho es que del temor pasé a la contemplación, y así me distraje hasta que llegamos a su casa.

Ella se bajó, caminó hasta la entrada y yo me quedé en la camioneta. Me sentí incómodo. Pensé que se despediría y me agradecería por la compañía y que yo tomaría un taxi, pero me equivocaba. Bajé del auto y me dirigí hacia ella con la idea de decirle, *"bueno, espero que descanse, si necesita alguna cosa me puede..."*, y no terminé mi pensamiento, porque ella introdujo la llave, dio tres vueltas a la cerradura, empujó la puerta y la dejó abierta para que yo la siguiera.

—¿Quiere tomar algo? ¿Un café? –preguntó.

Me di cuenta entonces de que mis servicios de acompañante aún no terminaban. Yo era el único que presenciaba de cerca su viudez. En el sepelio no estuvieron los familiares de la señora, tampoco los del finado, y ni siquiera el cura se dignó a estar presente. Así pues, estaba llamado a ofrecer compasión del modo más simple y noble: con mi sola presencia. Si la señora necesitaba contarme sus penas lo entendía perfectamente. En esas circunstancias la gente necesita desahogarse.

Accedí a pasar y sentí una cosa extraña cuando pisé los escalones de la entrada, pues allí y justamente a esa hora, me tocó hacer el levantamiento del cadáver del marido de la señora.

Desde que en el pueblo nos quedamos sin perito, hemos tenido que levantar informes y cadáveres sin mucha ortodoxia, de manera que al señor me tocó practicarle un reconocimiento simple. Pese a no contar con una autopsia completa, no era arriesgado deducir que el traumatismo sufrido en la región cervical pudo haberle causado un daño en la médula espinal. La base del cráneo presentaba un chichón con herida abierta y el cuello estaba desalineado, de ahí que la lesión en la arteria vertebral pudo haber desencadenado un sangrado a través del trayecto intracraneal y afectarle el líquido cefalorraquídeo. Mis compañeros de universidad me tildarían de irresponsable, pero ya quisiera verlos en una situación igual a la mía donde tengo que despachar muertos como si fueran almuerzos en hora pico.

Adentro de la casa se respiraba olor a lirios y torta. Me quedé en medio de la sala contemplando los adornos y muebles: cuadros bucólicos con escenas de bañistas semidesnudas, muñecas y caballos de porcelana, *suvenires* chillones y dispares, algunas fotos sobre mesitas victorianas y una biblioteca exigua.

–¿Quiere venir acá, por favor? –se oyó su voz acompañada de sonidos de cubiertos y tintineo de tazas.

Llegué hasta la cocina y ella me indicó donde sentarme.

—Preparé una infusión —dijo acercándome una taza para que la bebiera de inmediato—. Con estos azares olvidé que no tenía café —se disculpó.

—Gracias. Está un poco caliente —comenté.

—Sí, está recién hecha —explicó ella.

—Claro, claro —respondí, tras lo cual caímos en un incómodo silencio.

Era absurdo forzar una conversación a partir de comentarios torpes, y así pasó un rato en que nos miramos, ella entre sorbo y sorbo, y yo entre soplo y soplo, hasta que de golpe ella me preguntó:

—¿Le gusta su profesión?

Antes de contestar algo que nos pusiera de nuevo en una situación embarazosa, le devolví la inquietud:

—¿Y la suya?

Ella depositó la taza en el platico y contestó con risa de muy sabida.

—Se vive, no me puedo quejar.

No me quedaba alguna duda. La casa era grande y algunos de los adornos y muebles parecían recién comprados.

—Lo mismo puedo decir de mi oficio. También vivo de él —dije sin un ápice de presunción.

—¿Y con todo lo que hace, no recibe extras? —inquirió ella como si lo supiera con certeza.

—Se equivoca —aclaré—. No le recibo nada a nadie.

La anfitriona sorbió la infusión, puso lentamente la taza en el platico y me miró sin reservas.

—Sin embargo, ya me recibió la infusión, ¿no es así? —dijo y esbozó una sonrisa.

Bebí un poco más y no recuerdo lo que pasó después. Cuando me levanté estaba tirado en una cama sobre una colcha felpuda, extremadamente cansado y con una sensación de humedad en la pelvis. Quise levantarme y no pude, caí de cara contra la colcha con unas ganas de dormir inmensas, y ahí fue cuando sentí a mi secretario que me tocaba la espalda y me decía: "es mejor que se vista". Traté de atar cabos y lo que obtuve fue un enredo.

—¿Qué pasó? —pregunté turulato.

Vivas me miró y movió la cabeza de un lado al otro como sentenciando.

—¿Y todavía pregunta?

Sin entender ni jota insistí.

—¡Por favor Vivas, dígame qué pasó!

Mi secretario, todavía fiel a mí, me informó en tono de desconsuelo:

—Doctor Llano, ¿cómo se le ocurre violar a la viuda y sobre todo recién llegada del cementerio?

—¿¡Qué!? —la afirmación era tan absurda que a duras penas entendía su gravedad.

—Lo que oye. Ella misma me llamó y me dijo que usted la había drogado, pero que alcanzó a darse cuenta de todo lo que usted le hacía.

—¿¡Qué yo le hice qué!?

—Pues eso lo debe saber ella y usted, aunque a juzgar por la forma en que lo encuentro, veo que su memoria deja mucho que desear.

Esto último me puso a dudar, y como si de pronto me llegara una luz en medio de las tinieblas, hice acopio de mi escasa recolección de los hechos para preguntar lo que se debe preguntar en estos casos.

—¿Hay cargos?

—No, no los hay —respondió Vivas—. La señora ha dicho que no lo acusa de nada, por ahora, pero insiste en la violación, por eso me ha llamado, para que yo lo sepa, nada más que para eso, porque antes que todo ella quiere hablar con usted.

—¡Que pase! —he dicho olvidando que no estaba en mi despacho.

Caía en cuenta de una cosa. El drogado había sido yo y aún seguía abrumado por el inmenso hueco en mi memoria. ¿Me recuperaría y podría recordar todo? ¿Qué argumentos podría esgrimir frente a una demandante cuya situación y vulnerabilidad, además de un testigo, obraban a su favor? Era presa fácil. Mi secretario salió y cerró la puerta rosada de la habitación. Recién me percataba de ello y me preocupó aún más el haber pasado por alto ese detalle al igual que el resto de las cosas a mi alrededor. ¡Todo era rosado! Difícilmente, cualquiera que entrara a ese amplio cuarto pensaría que se trataba de una alcoba matrimonial, y ahora menos ante la ausencia del esposo. Mientras me vestía empecé a recorrer todos los objetos y muebles tratando de reconocer alguno, pero fue inútil, me preguntaba cómo era posible que hubiera llegado hasta allí, tendría que haberlo hecho por mis propios medios, suponía, también tuve que haberme quitado la ropa, ¿y si ella me cargó y me desvistió?, no era difícil imaginarlo; pese a todo el rosado que la rodeaba, la señora no era una mujer con complejo de princesa, era elegante sí, pero gozaba de una buena constitución. Con solo verla manejar y el modo como se subió a la camioneta podía imaginarla echándose al hombro un saco de papas como yo.

Me apreté la correa del pantalón justo en el momento en que ella entró al cuarto; lucía fresquísima, tenía puesta una levantadora rosada de cuello y mangas felpudas, y traía un trago en la mano.

–¿Ya ganó el juicio, señor juez? –preguntó con ironía.

–Tengo entendido que las partes no han llegado a un acuerdo –respondí al tiempo que trataba de ponerme los zapatos.

–No quiero entrar en desavenencias con usted –empezó a desenrollar mientras se daba un sorbo de lo que parecía whisky–. Su secretario está al corriente de lo que ha pasado aquí y no quiero ventilar el asunto más allá de estas paredes, usted comprende. Con mi marido muerto y una hija que no pudo venir al entierro por estar en Europa, es demasiado para mí en estos momentos. En fin, quiero llegar a buen término con usted. Le propongo una cosa... –hizo una pausa y se sentó a mi lado. Volvió a tomar otro trago, esta vez más profundo y se quedó masticando un hielito mientras miraba el vaso.

—Antes de que prosiga, señora —la interrumpí—, déjeme aclarar un par de cosas.

—No, no hace falta —me cortó—. Sé lo que va a decir, que no se acuerda, que usted no hizo nada y que mi testigo no es prueba suficiente para amparar la denuncia porque no estuvo presente, ¿verdad? No se afane, usted debe saber muy bien que no es difícil conseguir un examen médico que eche por tierra todo su andamiaje legal.

La miré y agaché la vista y allí sí quise, sobre cualquier cosa en el mundo, un whisky para ahogar la incertidumbre.

—Tranquilo, doctor, no es para tanto —me reconfortó colocando su mano sobre mi pierna—. Usted y yo tenemos algo en común.

La miré de nuevo haciendo un esfuerzo para proyectar entereza, pero ella debió sentir que mi mirada no era tan firme porque, claro, yo tenía sembrada la duda del saber qué era aquello "común" que nos unía.

—Después de mi esposo, que en paz descanse — prosiguió—, nadie me ha dado tanta sensación de libertad como usted.

La estupefacción en mi rostro apenas la disturbó.

—Entienda que son dos estímulos distintos —ella continuó—. Con mi marido yo era libre, solo me ataban las formas sociales, usted sabe, una hija, una unión que procurar y una casa que mantener. Los días se nos pasaban mientras él iba y volvía de la finca y yo atendía a los clientes de la boutique, luego nos veíamos en la noche para comer, muchas veces en silencio. No vaya usted a creer que era una existencia triste, aburrida, para nada, era completa, quiero decir, nos comprendíamos, aunque solo compartiéramos sobre negocios y quehaceres –hizo otra pausa y se empujó el resto del trago–. Recuerdo la vez que llegó tomado de la finca porque había vendido no sé cuántas cabezas de ganado. Ese día llegó temprano, como a las siete, pitó y dejó la camioneta montada en el antejardín, cosa que no hacía, entró directo al bar sin saludarme, sirvió dos tragos y me dijo, "toma, acabo de hacer un negociazo", así que viendo su emoción le dije, "te felicito, ¿es mucho?", él no cabía en su gozo y me respondió, "mejor dicho, más que mucho", se rio, juntamos los vasos y bebimos, enseguida me agarró de la cintura y me llevó a la sala, allí me desvistió como nunca lo había hecho, siempre lo hice yo, y hundió su cabeza entre mis senos, me abrazó muy fuerte y me hizo el amor despacio, gozando solo, sin tenerme en cuenta para nada, mientras yo, debajo de él trataba de recordar si le había puesto seguro a la puerta de la boutique.

La indiscreción me dejó la boca aún más seca, así que carraspeé para darle a entender lo incómodo que me sentía con ese tipo de detalles, pero no tenía escapatoria, la señora quería que yo fuera su confidente.

—Nuestra relación era así —continuó sin tapujos—. No niego que sentí algo de placer, pero aquel día su cuerpo y aliento eran tan distantes que sentí envidia y desprecio a la vez. Él era capaz de contentarse con poco y podía hacerlo sin reparar en si yo era feliz o no. De todas maneras, le sobé la cabeza cuando él se aferraba con más fuerza a su momento previo de soledad y le di un beso en la mejilla para que supiera que estaba bien, que lo entendía; imagino doctor que usted sabe que nosotras las mujeres no podemos esconder ese instinto de madre cuando tenemos a un ser desvalido en nuestro regazo.

—Desde luego que entiendo —quise dar por terminada la confesión, pero ella tenía más cosas que decir.

—Cuando terminó, él se levantó rápido, como cuando salía por debajo de la camioneta y se trepaba para encender el motor y verificar su arreglo. Se fue al bar y desde allá me avisó: "podemos girarle a Titina para que venga ahora en las vacaciones o tú verás si vas a visitarla". No fui. Mi hija tampoco vino. Se gastó la plata. Yo la conozco, le gusta viajar, conocer gente y sitios, gozar la vida, estoy segura de que por eso no vino y la excusa que nos envió acabó por corroborarlo, "lo siento mucho, papitos, en esta temporada voy a tomar un curso de idiomas. Luego iré. Saludos."; hubiera sido más sencillo decir: "un curso de francés, portugués, ruso", ¿pero idiomas?, se gastó la plata, lo sé, y está bien, solo se es joven una vez en la vida. Ay, perdone, doctor, lo tengo escuchándome sin probar bocado. ¿Quiere desayunar?

Me resultaba incomprensible que la víctima de mi supuesto abuso sexual se interesara por alimentarme. Quise decirle que no encontraba apropiado quedarme más tiempo en su casa, pero me carcomía no saber cuál era su objetivo. Ella se levantó y me esperó en la puerta.

Si bien la laguna que arrastraba no era mi mejor coartada, quise tomarme un momento para buscar alguna pertenencia extraviada, algún indicio que delatara mi reprobable acto.

—Quisiera hablar con mi secretario —dije para que ella lo llamara.

—Él ya se fue, pero no se preocupe. Le he dicho que no cuente nada hasta que usted y yo resolvamos nuestro asunto.

—¿Dónde está mi saco?

—Lo dejó abajo.

—No encuentro mi peineta —trataba de aparentar calma.

—Si quiere use una de las mías.

—No lo tome a mal. Me gusta peinarme con la mía.

—A lo mejor la tiene en el saco.

—No, siempre la llevo en el pantalón.

—Pudo perderla. Con esa noche tan azarosa que tuvo, o que tuvimos, ¿cierto? —ella sonrió con la boca pegada al vaso y dejó que el último hilito de whisky se deslizara por entre sus labios. Luego salió del cuarto dejando la puerta entreabierta.

Recorrí la habitación y busqué debajo de la cama. No vi mi peineta, pero sí varias cajas y jugueticos de esos, la gran mayoría rosados, y supe cuán estúpido había sido: yo dándomelas de compasivo cuando la señora sabía encontrar consuelo mucho antes de quedar viuda.

Salí al pasillo y me sentí como el amante que teme ser descubierto por el marido. A pesar de que el hombre estaba muerto, no sé por qué tuve esa sensación. Creo que era por el modo como la señora se comportaba, como si nada hubiera pasado. El luto le había durado unas pocas horas, y aunque yo nunca había estado en esa casa, todo parecía normal, como un día cualquiera. ¿Ahora qué seguía? Debía llegar a un acuerdo con la acusadora, *"de aquí no voy a salir sin antes arreglar con ella"*, me dije, pero me engañaba, ella era la que iba a fijar las condiciones. ¿Qué clase de chantaje me esperaba? No lo sabía.

La ansiedad empezaba a carcomerme las tripas; detesto cuando esto sucede y peor con el estómago vacío. Seguía oliendo a torta y esto me disipó por un momento la desazón; bajé por las escaleras, y ¿qué veo?, mi saco colgado en el comienzo del pasamanos, llegué hasta él y me lo puse, no encontré mi peineta, esperaba haberla puesto en uno de los bolsillos, en cambio sí estaba mi corbata, me la acomodé, me miré en un espejo y me llevé una tremenda impresión, lucía terrible, me pasé las manos por el pelo como para aplacar el aspecto de trasnochado y escuché la voz de ella que me preguntaba desde la cocina, "¿quiere té o café?", recordé que el día anterior no tenía café, ¿por qué me lo ofrecía ahora? La inquietud hacía de las suyas.

—Gracias, no se moleste. Es mejor que me vaya —me apresuré a salir.

—Aún no hemos terminado —dijo ella mientras servía dos tazas de café con sendas porciones de torta.

—Si tenemos que hablar, es mejor que lo hagamos fuera de su casa —traté de convencerla.

—¿Lo dice por la gente? No le ponga atención a eso. Las habladurías comienzan sin que el hombre pise la casa de una mujer, pero una vez que entra, solo hacen falta siete minutos para dar por consumado el acto. Veloces, ¿no?

Me quedé en blanco. No quise preguntar a quiénes se refería, si a los amantes o a los vecinos. Me senté. El café olía muy bien y la torta se veía deliciosa.

—No terminé de decirle cuál es la afinidad que existe entre los dos —continuó ella.

Levanté las cejas por encima de la taza y vi cómo se sentaba de medio lado con las piernas cruzadas y el codo sobre la mesa como si estuviera fumando. Las pantuflas le despuntaban por un extremo de la mesa y noté que también eran rosadas, con felpa del mismo color rodeando el empeine. Luego giró su cabeza hacia mí, y como si expulsara el humo de un cigarrillo imaginario, me dijo con voz firme y ronca:

—Usted tiene algo en los ojos que inspira confianza, doctor.

A este punto he dejado de mirarla. He puesto la taza en el plato y he comenzado a partir un poco de torta: sé que ella me observa, escucho su respiración y siento que ha vuelto a aspirar su cigarrillo imaginario para exhalar palabras que llegan hasta mí con aroma de café.

—Por eso le decía que, con excepción de mi marido, usted es el único que me ha dado esa sensación de libertad para hacer lo que yo quiera.

—¡Claro! Como traerme hasta aquí y tejer lo de la violación —sentí que me volvían las fuerzas.

Ella calló y entonces aproveché para llevarme el trozo de torta a la boca, humedecerlo con café y decirle con la boca medio llena:

—Es mejor que me diga qué es lo que quiere. Así que la escucho y sea breve por favor. Tengo que salir de aquí.

—No me diga que está nervioso, doctor. Ya va a salir, no sea impaciente, pero antes… —ella dejó la frase inconclusa para tomar su café.

—¿¡Pero antes qué!?

Debí sonar muy fuerte porque ella depositó la taza con calma y con la otra mano hizo como si apagara su cigarrillo, arqueó la sonrisa y me miró de frente:

—Antes, debe pagar una fianza.

—¿Está bromeando?

—¡Pues claro, doctor! Usted no tiene que pagar nada —estalló en una risotada.

—De todas maneras, algo me dice que esto me va a salir muy caro —repliqué.

—Todo depende. Si las partes se ponen de acuerdo, ambas pueden beneficiarse. Es como en los matrimonios y los divorcios. Entre más concertados sean, mejor.

—Yo no me pienso casar.

—Usted es como chistoso, pero además muy prevenido. Nadie le está proponiendo matrimonio.

—Entonces no veo a qué viene la comparación.

—Me desilusiona un poco, doctor. ¿Un hombre tan versado en leyes no entiende lo que es llegar a una concertación?

—Aún no sé qué es lo que quiere, señora.

—Ay por favor, llámeme, Clara. Esté tranquilo, no voy a llamarlo por su nombre si eso lo incomoda.

—Es mejor mantener una cierta formalidad.

—Tiene razón. En todo caso a mí no me molesta que me trate de un modo más personal.

—Prefiero decirle, señora Cabal.

—Nunca me gustó llevar ese apellido. Seguiré siendo Clara Escalante a secas.

—Creo que va más con usted —traté de sonar cortés.

Comenzaba a imaginarme a la señora como una trepadora social, de esas que se casan por dinero. Me pareció imprudente que quisiera ufanarse de su apellido apenas enviudada. ¿Acaso no podía esperarse y guardar el luto o por lo menos aparentar un poco? Al parecer, nada de eso le importaba y para sustentarlo me dio una explicación técnicamente válida.

—¿Cuándo ha visto usted que el marido lleve el apellido de la esposa? —argumentó con desenvoltura.

—En efecto, no es común —admití.

—Tampoco le veo sentido a andar con un apéndice como si uno le perteneciera a un hombre: Clara Escalante de Cabal. ¡Ni que fuera una de sus vacas!

—Para muchos es una forma anticuada.

—En ese sentido, mi querido Inocencio fue un hombre progresista a quien no le molestaba que yo mantuviera mi apellido.

—Si usted lo dice.

—Él era muy generoso.

—Es verdad —concordé con ella—. Tengo entendido que Don Inocencio era muy desprendido con los trabajadores de su finca.

—Sí, lo era, pero era poco precavido para las cosas del hogar. Nunca hacía planes. De repente decía "nos vamos para tal lado" y me tomaba desprevenida. Tenía que cerrar la boutique, no tenía idea de qué cosas debía llevar, si íbamos para clima frío o caliente, pero bueno, eso también lo hacía adorable.

—Me imagino.

—Sin embargo, él improvisaba mucho, y una de las cosas que no dejó preparadas fue su testamento. ¿Ahora entiende por qué está usted aquí?

—No muy bien, pero temo imaginarlo.

—Tampoco es algo del otro mundo —manifestó como si se tratara de una bagatela—. Es un pequeño detalle —se acomodó mejor en la silla y comenzó a explicarme—. Verá: como a todos nos pasa, nunca sabemos cuándo vamos a morir, y en el caso de mi esposo, él siempre decía que iba a durar cien años y que le gustaría quedarse en la finca viendo atardeceres. Francamente, siempre me pareció un plan aburrido. El hecho es que nunca se preocupó por hacer un testamento.

—Ocurre en muchos casos.

—En cambio sí tenía tiempo para pensar en otra gente —lo dijo como un reproche—. ¿No le parece un descuido que no haya previsto asegurar por escrito el futuro mío y de Titina?

—No se preocupe. Hay formas de proteger a los herederos forzosos —aseguré.

—Inocencio siempre decía que lo iba a hacer y cada vez que se lo mencionaba se molestaba y me preguntaba que cuál era mi afán, que si lo quería ver muerto —la señora soltó un leve suspiro.

—Desde luego, puede ser un tema delicado.

—Entienda doctor que yo no deseo poseer todo lo que él dejó. Con lo que tengo es suficiente para vivir sin dificultades y girarle a mi hija, aunque sé que ella no dependerá de mí. Titina sabe cómo arreglárselas, así que eso no es lo importante. Lo que no quiero es dejar que el producto del trabajo de mi esposo se lo repartan los abogados. Usted conoce a los de su gremio.

Tampoco pienso dejarlo en manos de la Iglesia o de esos parásitos que viven acumulando dinero para obras de caridad —el tono de su voz denotaba un marcado disgusto.

—Tenga en cuenta que la repartición de bienes conlleva algunos costos administrativos —aclaré—. Así mismo, no es mala idea hacer donaciones. Usted puede deducirlas de sus impuestos.

—¡No me interesa! —respondió tajante—. Lo que necesito es que usted convalide el testamento de mi marido.

Me atraganté con la torta y empecé a toser sin parar. Tuve que levantarme a arrojar todo al lavaplatos, abrí la llave y traté de tomar agua, pero la tos era incesante y no podía beber, en medio de la atragantada sentí la mano de ella que me daba golpecitos en la espalda hasta que me fui calmando, pero no podía dejar de pensar en el hecho de que la viuda me estaba pidiendo, básicamente, legalizar un documento que no existía. Ahora su mano estaba en mi cuello y sentía que me faltaba el aire, así que con esfuerzo me giré para mirarla con los ojos abiertos y llorosos.

—Perdone señora, pero en mi profesión he aprendido que ninguna duda sobra, por más obvia que parezca su respuesta. Solo quiero estar seguro de algo: usted ha dicho que su difunto marido no dejó nada por escrito, ¿correcto?

—Se equivoca, doctor. Los años que pasé junto a él me sirvieron para aprender muchas cosas, sobre todo de negocios. Conocí todas las facetas habidas y por haber, ¿me cree?

—No hay forma de ponerlo en duda.

—Me convertí en su mano derecha. Tenía potestad para manejar sus cuentas y firmar documentos por él. Por eso no se le haga extraño que yo tuviera listo su testamento. Solo que él no alcanzó a firmarlo, ¿me entiende?

—Eso sospechaba —la miré impotente y busqué armarme de valor para decirle—: veo que usted busca chantajearme, me quiere forzar a realizar sus planes poniendo en riesgo mi carrera, no es que me importe, pero soy una persona independiente que encuentro valor en lo que hago, además, nunca me han gustado los yugos, menos los de tipo maternal y usted señora con esa tranquilidad que dice las cosas, con esa cara, como si me tuviera viviendo en su casa, no me friegue, justo ahora que empezaba a sentirme libre de ataduras; y lo terrible es que usted dice que se siente libre conmigo, yo le pregunto: ¿dónde quedará mi libertad?, no señora, no lo haga, no arruine todo, no me coarte la existencia, soy juez, no lance su sentencia contra mí, ¿no merezco un indulto?, sea indulgente, hagamos una cosa: yo le presto toda la ayuda en lo relacionado con el testamento, quedamos de buenos amigos y todo acaba allí, ¿le parece?, usted se olvida de que fue abusada de la misma forma como yo no recuerdo cómo sucedieron las cosas y no pasa nada, ¿es eso lo que quiere?, ¿o es que busca convertirme en una criatura de sus caprichos?, mire que si es por la compañía la vengo a visitar, ¿una vez por semana?, ¿dos veces?, ¿tres?, ¿cuatro?, ¿todo el fin de semana?, ¿venir todos los días a almorzar?, tenga presente señora que quedarme en esta casa solo con usted más de siete minutos, como usted dice, ya es todo un problema. Dejémoslo en que solo vengo a almorzar, ¿le parece?

No hallé el valor. Todo esto lo pensé mientras ella seguía con su mano acariciando mi nuca y sonriendo, como si yo fuera un perrito al que le miran lo bonito que tiene.

—Por Dios, deje esa cara. No estará pensando mal de mí.

—Es sorprendente todo lo que usted me cuenta, señora —me hice un lado para apartar la cercanía de su mano en mi yugular.

—Lo sé, nadie me creería.

—Dígame una cosa: ¿por qué me escogió? Otro funcionario sin necesidad de chantajes podría prestarse para lo que usted quiere.

—Lo escogí justo por su ética. Nadie desconfiaría de usted.

—¿Se supone que debo alegrarme por tenerme tan alta estima?

—Claro que debería alegrarse. Usted ha trabajado para lograr eso, pero le aseguro que nada va a manchar su hoja de vida.

—No sé qué es peor, si pasar por corrupto o abusador de señoras.

—Definitivamente doctor, usted es muy chistoso.

Pensé que lo de mi ética le funcionaba bien, pero también el hecho de que yo era el funcionario que tenía más cerca. Si yo denunciaba el fraude y contrataba a un abogado o, incluso, si me defendía a mí mismo, eso no me garantizaba que saldría bien librado, pues mi argumento de que era víctima de un chantaje podía derrumbarse si ella conseguía lo que buscaba por otro lado, ¿cuál chantaje podía alegar si ella lograba que otro notario le autenticara el documento? De cualquier modo, yo aparecería como un infame que, aprovechándose de la vulnerabilidad de la viuda, había cometido aquel acto abominable. ¿Quién sabe qué otras cosas ella inventaría? ¿Que yo le prometí asesoría porque estaba obsesionado con ella y que esperé a enterrar a su marido para dar rienda a mis bajos propósitos? En fin, seguía muy mal parado. Barajaba mis opciones y sabía que, aunque saliera airoso, la duda intrínseca tras un juicio de este tipo tendría un costo demasiado alto para mí; esa percepción de culpabilidad quedaría flotando no solo en el ambiente sino en mi hoja de vida. Acepté la situación, de modo que, si quería salir de ella, debía conocer a fondo qué buscaba la señora.

—Bueno, usted indicará qué paso hay que tomar —manifesté tratando de ocultar mi sometimiento.

—De momento, acábese de tomar su desayuno.

—Gracias, pero se me ha ido el apetito.

—Entonces, siéntese. Esto es lo que deberá hacer. Primero deberá autenticar el testamento.

—Vamos a decirnos las cosas sin rodeos —aclaré—: autenticar un documento que, según entiendo, usted falsificó, es un delito muy grave.

—Entienda que me vi obligada. Mi marido solo tuvo dos pasos falsos en la vida: uno, el no haber dejado preparado algo tan simple como una herencia, y el otro, el que se lo llevó a la tumba —ella movió la cabeza en señal de desaprobación.

Una ráfaga cruzó mi pensamiento e imaginé a la rosada señora mojando el piso o colocando grasa o jabón en los escalones para que su marido resbalara. La fría sensación terminó por cortarme la digestión. Recordé la tarde anterior y lo limpia que me pareció la entrada de la casa. He visto tantos esfuerzos y recursos increíbles a la hora de ocultar indicios en asesinatos y situaciones de homicidio culposo que ya nada me sorprende. Sin embargo, si ella hubiera querido hacer ver la muerte del señor Cabal como un accidente, habría sido improcedente limpiar la escena del crimen con el muerto a la vista. Aparte del riesgo de ser descubierta, cualquier rastro de agua o de sustancias resbalosas alrededor del cuerpo hubiera resultado sospechoso. Por otro lado, si la señora hubiera querido escenificar un accidente dentro de la casa, habría tenido tiempo de fabricar evidencias para decir que el hombre se cayó en el baño o rodó por las escaleras. Era cuestión de decidir el lugar de los hechos, pero con ello se exponía a dar mayores explicaciones por ser la única persona presente en la casa, así que la opción más rápida y menos riesgosa era deshacerse de la víctima en la entrada. Lo que sabemos es que la señora llamó a la policía tan pronto como, según dijo ella, su marido se cayó al llegar. Su testimonio concordaba con los tiempos de la supuesta caída. De hecho, cuando llegué y toqué al difunto no tuve que constatar los signos de *Algor mortis,* ya que el cuerpo recién se aclimataba a la temperatura exterior. La versión de ella coincidía con el estado en que encontramos el cadáver, de manera que todo indicaba que Don Inocencio Cabal perdió el equilibrio y se había caído hacia atrás. El golpe en la cabeza y el visible hematoma, sumado a la lesión cervical, eran consecuentes con una caída. Además, no había otro tipo de lesiones ni señales de violencia.

Dejé de considerarla por un momento como sospechosa, pero no podía dejar de verla como una fría calculadora.

—¿Se da cuenta de que está poniendo en juego mi carrera y mi reputación como persona? —le reclamé.

—Nadie tiene por qué enterarse.

—Quizás usted consiga lo suyo, pero yo quedaré en una posición muy delicada y no crea que estoy insinuando que debo recibir una remuneración por todo esto. ¡En lo absoluto! Eso sí, las cosas salen a la luz tarde o temprano.

—Eso suena a advertencia.

—No tengo por qué aleccionarla ni darle sermones. Soy juez en la tierra, nada más, pero la vida tiene sus formas de aplicar justicia.

—Vaya, vaya, doctor, usted parece un cura. Mire, no hay que dar tanta importancia a las cosas. Como usted dice, la vida tiene sus formas de justicia, pero lo que para unos es justo, para otros es injusto.

—No me refería a eso.

—Sé a lo que se refería —replicó con desdén—. Si vamos a responder por nuestras acciones debemos estar listos a las consecuencias y yo lo estoy.

—No me cabe duda —manifesté.

—Por su carrera y reputación no se preocupe. En menos de lo que usted piensa esto pasará a ser una anécdota más en su vida.

—Como quien dice, qué le hace una raya más al tigre, ¿verdad?

—Nadie lo va a notar.

—No estoy tan seguro.

—Todo depende de usted. De qué tan bien haga las cosas.

—Es inútil que nos quedemos a debatir qué va a pasar sin saber lo que estamos tratando. Le propongo que venga el lunes a mi despacho y me haga ver el "testamento" que dice tener. Además, debo entregarle el certificado de defunción. Sin él, no podemos avanzar.

—Quería que usted me ayudara, doctor. Tengo algunas dudas y me encantaría que pudiéramos salir de esto rápido —indicó como para que yo le revisara todo allí mismo.

—Esas dudas las podemos aclarar el lunes en mi despacho —reiteré.

—Entiendo —cambió su tono—. Esta conversación por ahora ha terminado. Permítame me arreglo y lo dejo en el camino.

Ella salió de la cocina y subió a su cuarto. Pensé en irme por mis propios medios, pero caí en cuenta de que era una pésima idea. Si debía defenderme de semejante acusación, no podía arriesgarme a que algún vecino o cualquiera me viera salir de esa casa. Entonces esperé. Arriba se escuchaban pisadas de un lado a otro y ella no tardó en bajar. Me sorprendió lo rápido que estuvo lista; ya no vestía de rosado sino unos *jeans* apretados, camisa a cuadros y botas, mejor dicho, toda una cortadora de pinos, visión que de inmediato se esfumó cuando ella se colocó unos grandes lentes oscuros y se cubrió con una gabardina de cuello felpudo que la hacía ver como una actriz de cine o una exploradora de montaña, "¿vamos?", me dijo mientras se dirigía al garaje; la seguí, y al ver la camioneta, otro rayo de luz me despertó la memoria.

—¿Acaso ayer no estacionó afuera? —le pregunté.

—Salí por café esta mañana —respondió.

En efecto, era posible. Me preocupaba que yo no hubiera escuchado nada. De seguro salió a comprarlo en sus pantuflas rosadas, pensé.

Ella se trepó con agilidad a la camioneta y me indicó que me subiera, pero enseguida me detuve.

—No está bien que viaje en el asiento del pasajero —expresé.

—¿Qué quiere? ¿Viajar atrás?

—Todo lo contrario. Prefiero pasar desapercibido.

—Ya le he dicho que su reputación estará a salvo.

—De todas maneras...

—Acomódese entonces como guste.

Subí y pensé en acostarme en el asiento, pero la idea de quedar reposando en sus piernas no era lo que buscaba, así que la mejor opción fue acurrucarme en el suelo. Menos mal la cabina era amplia. Me acomodé lo mejor que pude y quedé debajo de la guantera con la espalda recostada en la puerta, escuché la apertura automática del garaje y la camioneta comenzó a salir lentamente. Imaginé las miradas de la gente sobre sus plateadas latas. Desde mi posición podía ver a la conductora mirando al frente y haciendo una doble función: la de doliente a la cual no se debe importunar, aunque se tratara de un pésame atrasado, y la de una mujer atareada que sale de su casa con el fin de cumplir un asunto urgente, por lo cual no desea ser disturbada. La camioneta aceleró un poco y no supe que se había subido sobre la banqueta; solo me vine a dar cuenta cuando la llanta trasera cayó a la calle. El golpe me zarandeó y mi cabeza se dio contra todo lo que estaba a mi alrededor.

—Lo siento —se disculpó ella—. Agárrese bien.

Ella disminuyó la velocidad para que la llanta delantera no causara la misma sacudida y el tiempo que se tomó me pareció eterno. Esperaba una salida más discreta. Ahora sí imaginaba a muchos curiosos acercándose a la ventanilla en procura de ver a la reciente viuda, y de paso, claro, a mí agazapado en semejante postura. Quedé helado al saber que estaba en lo cierto cuando ella me comunicó entre labios:

—Viene alguien y no quiero saludar.

Arrancó con potencia sin hacer rechinar las llantas. Hubiera sido fatal. Giró más adelante y sin mirarme me dijo:

—Es mejor que siga allí. Le diré cuando no haya fisgones.

Luego de avanzar un buen trecho, se pasó una mano por el pelo y lo meneó como si respirara aire nuevo. Pese a la tranquilidad que proyectaba, no quise abandonar mi escondite. No sabía adónde ella me llevaba y me preocupaba el momento en que tendría que salir de ahí. Solo esperaba que nadie me viera bajarme de su camioneta.

Desde mi posición podía verla en su totalidad: los *jeans* le quedaban muy bien y, una vez más, la presencia de una fémina resoluta al volante me cautivó. Imaginé su piel debajo del azul vaquero y me asaltó un olor a campo. El resto de su cuerpo emanaba vida. No era, pues, la sensación que se supone debe inspirar una viuda y me avergoncé de mis pensamientos. ¿Y dice que yo la violé?, sé que lo ha inventado porque así estuviera drogado o borracho, nunca se me hubiera ocurrido un arranque tan desproporcionado a mis fuerzas y sentido del placer; jamás le hubiera tocado un pelo sin decirle "con permiso, señora", y en ese caso le habría hecho el amor, no otra cosa. Dirán que soy un romántico, tal vez, pero es que hay maneras de hacer las cosas. Ella me ha mirado con cara de "¿y a éste qué le estará pasando?", pero yo, sin dejarme cohibir por el lugar desventajoso que ocupaba, la he observado directo y sin tapujos; tal vez por eso dicen que represento la transparencia de la justicia, sobre todo cuando miro al acusado y dicto una sentencia; me han dicho —y esto no lo cuento para vanagloriarme, sino como curiosidad en el campo de los comentarios extrajudiciales— que cuando pronuncio un veredicto se escucha con tal sonoridad y carácter, que no cabe duda de que es la mismísima Dama de la Justicia la que habla a través de mí. Nunca supe si los abogados y fiscales lo decían por chiste o qué, pues siempre me pareció que la diosa romana *Iustitia* habría sonado más como una madre, una madre a la que no se puede contrariar.

Me di cuenta de que la señora estaba algo inquieta, había perdido su concentración al timón y me ha mirado, ¿cuántas veces?, con esta última ya van cuatro.

—Lo voy a dejar en la salida del pueblo. Allí puede tomar un bus intermunicipal —dijo con cierta sorna.

—Me parece bien.

Seguimos avanzando, tanto que yo pensé que se refería a otro pueblo, pero yo seguí en mi sitio, agazapado. No creía pertinente sentarme a su lado, pero ella tampoco me invitó a salir de mi hueco, de lo puro mala. Se notaba que se divertía. Entre tanto, yo trataba de hacerme la idea de por dónde íbamos. Finalmente, ella disminuyó la marcha y se detuvo a un lado de la carretera.

—Ya puede salir de su escondite —me anunció.

—Sí, precisamente aquí me bajo —respondí haciendo de cuenta de que sabía dónde me encontraba.

—Servido, doctor Llano. Espero que haya disfrutado el viaje.

—No puedo quejarme de la vista —la miré a los ojos.

Tenía ubicado el mecanismo para abrir la puerta y estaba seguro de que saldría rápido, tomé impulso pero me di cuenta de que a duras penas podía moverme, tenía las piernas entumecidas, y el doloroso hormigueo del flujo sanguíneo abriéndose camino hizo que tuviera que arrastrarme con las manos, me agarré del asiento como si colgara del filo de un precipicio y me abalancé torpemente sobre la manija; pude salir pero lo hice descolgándome de la puerta, pues no tenía control de la cintura para abajo y quedé afuera sosteniéndome de forma precaria. Tambaleante, arrugado y despelucado, parecía un borracho a punto de caerse, traté de arreglarme y por poco me voy al suelo, el hormigueo era muy intenso y tuve que tirar patadas para sacudírmelo. La situación era incómoda y necesitaba ganar tiempo. Si cerraba la puerta y ella arrancaba corría el riesgo de caerme.

—¿Sabe que no me imagino violándola? —traté de sonar lo más caballeroso posible, pero creo que mi aspecto no daba para decencias.

—Yo tampoco. Soy tan partidaria como usted de la forma clásica.

Al decirlo se ha reído de tal manera que cualquier tonto sabe que una mujer en esas condiciones está dispuesta a escuchar propuestas aún más atrevidas.

—Usted no es tan clásica que digamos —me sostuve con naturalidad en la puerta.

—¿Le parece?

—Es evidente que no sigue las normas. Le gusta salirse del molde y hacer cosas a su antojo.

—Tenga cuidado con esos ojos —me advirtió arqueando sus cejas—. Revelan más de lo que usted quisiera.

—No creo que le incomoden.

—Hay ciertos límites que una dama puede aceptar.

Ella sonrió haciendo alarde de su femineidad y su gesto me comprobó que estaba en lo cierto.

—De todos modos, no hace falta que diga ciertas cosas —agregó—. Puedo adivinar lo que piensa.

Me asusté por un momento. Si de verdad era capaz de leer mis pensamientos, sabría que le huyo a las mujeres manipuladoras como ella, y que, ante la presente situación, estaba considerando desaparecer, abandonar mi puesto y llevar mi existencia a otra parte; lo había hecho tantas veces en mi vida que otro paso más sería como un nuevo peldaño, solo que esta vez no tenía claro si subiría o bajaría.

«¿Por qué de un momento a otro nuestra vida puede cambiar de curso?, ¿acaso es para que uno entienda que nada está escrito?, ¿fue entonces un destino predeterminado lo que hizo que ella apareciera en mi camino?, ¿y si fue ella la que se adelantó y cambió todo?», de nuevo, estoy confundido y mi cabeza me dice: *«¿qué haces?, despídete, dile adiós o hasta luego, pero no te quedes ahí parado que vas a echar a perder tu patraña de invencible, dile que esperas verla, ¿es obvio, no?, ella es la interesada en llevar a término su plan, entonces es a ella a quien le corresponde buscarte».*

—Bueno, hasta aquí llego —dije y cerré la puerta.

—¿No se va a despedir?

—Ya me estoy despidiendo.

—Pensé que el haber pasado la noche juntos daba pie a tratarnos de otro modo.

—Quizás, pero yo no me acuerdo de nada y este asunto no acaba de sentarme del todo.

—Todo pasará en breve. Lo veré el lunes en su despacho. Y deje esa cara que no le luce.

—Esta misma cara es la que va a encontrar el lunes y todo el tiempo que dure esto.

—Es una pena, pero como le he dicho, todo depende de usted, de cuán rápido haga las cosas. De momento no es aconsejable que lo vean en la carretera hablando con la mujer de una camioneta plateada, ¿no cree?

Me limité a observarla con una expresión entre inutilidad, desprecio, perplejidad e ironía, pero ella no podía entender cada uno de los ingredientes que componían mi gesto y solo atinó a decir: "¡uy, qué seriedad!", metió primera y se despidió con un *"bye"* que, de no haber sido ella, yo mismo habría pensado que se trataba de una amiga formidable.

Caminé cabizbajo y con las manos en los bolsillos. Me pareció típico de la última escena de una película en la que el personaje se aleja con rumbo desconocido, mientras la cámara realiza un movimiento de grúa o con dron para mostrar el vasto horizonte antes de que aparezcan los créditos, pero aquí no había una voz que dijera "¡corte!" e hiciera volver todo a la realidad. Aquel era mi presente, estaba inmerso en mis cavilaciones y hacía un esfuerzo para no adentrarme en otros pensamientos que acrecentaran mi nivel de angustia, ¿dije angustia? Tanta era la ansiedad que me producía esa situación que comenzaba a dudar si encontraría formas de apaciguarla. Sin una pronta salida, podía pasar de la exasperación al desenfreno.

No me di cuenta cuándo hice detener el bus ni cómo me subí. Actuaba como un autómata. Desde la ventanilla veía pasar los sembradíos, las vacas en los pastales, las garzas buscando comida, y por un momento me sentí de viaje; luego las casas empezaron a aparecer cada vez más pegadas las unas de las otras y el panorama se volvió gris. Una tristeza dentro de mí se negaba a aceptar ese cambio de paisaje hasta que el conductor me habló:

—¡Terminal! ¿Va a seguir?

—No, aquí me bajo —respondí.

El pueblo era un infierno y ese sábado hervía aún más por ser día de mercado. Lo agradecí más que nunca, pues me permitiría pasar desapercibido entre la muchedumbre. Aquí en El Matoyal el sol pega tan fuerte que entre semana las calles quedan vacías y todo el mundo se pone a mirar a los demás desde la sombra de las tiendas y las aceras. Era lo último que necesitaba, que la gente me preguntara de dónde venía.

Todos los sábados trabajaba media jornada para ofrecerle servicios gratis a la comunidad, de modo que cualquiera esperaría verme en mi despacho. Caminar hasta mi casa no era aconsejable, pues sería extraño que me vieran por ahí andando, sin carro y desarreglado. Mi oficina estaba más cerca y necesitaba guarecerme del calor, así que me dirigí hacia allá sin mirar a nadie como si estuviera dándole vueltas a un asunto de importancia. Al llegar, encontré a mi secretario arreglando algunos expedientes.

—Ya me iba —dijo él—. Quedé preocupado con lo que pasó.

—Yo también. En todo caso, le aseguro Vivas que soy inocente.

—Doctor, perdone que se lo diga, pero no le queda bien ese argumento. Usted mismo me ha dicho que "la mayoría de los culpables aseguran ser inocentes hasta que se demuestra lo contrario".

—Bueno, pero en mi caso soy inocente de verdad.

—No sé cómo va a salir de ese lío. Mire que lo que usted hizo no tiene presentación.

—¿Ella le dijo algo más?

—No me dio detalles si a eso se refiere, ¿pero sabe que no parecía tan ofendida? Para mí, lo que quería era compañía. Mire que con su marido muerto…

—Por favor, Vivas, ¿cómo cree que yo iba a ser capaz de eso?

—Lo único que sé es que la soledad es muy complicada…

—Debería saber muy bien que ese no es mi estilo.

—Yo de usted me haría amigo de ella. La señora no está nada mal.

—¿Qué sugiere?

—Ay, doctor, pues "amiga con beneficios".

—¡Por favor, Vivas!

—Es que no le veo otra salida. Si se ponen de acuerdo, usted me entiende, ella no podrá acusarlo de haberla violado. Eso también me lo enseñó usted: "Si una acción se repite lo suficiente, se establece entonces un precedente por el cual su negación resulta inaplicable".

—Me alegra que encuentre argumentos a mi favor —le reproché con sarcasmo—. Recuerde también que "la justicia siempre está a un paso de la verdad".

—Eso dice usted, doctor, pero una cosa es dar un paso y otra es meter la pata.

—Todo se va a aclarar, se lo aseguro. Mientras tanto, le pido encarecidamente que mantenga el pico cerrado.

—No se preocupe, doctor.

—Eso espero. Gracias por atender la oficina. ¿Hubo mucho hoy?

—Algunas consultas y una ayuda para un par de contratos. Ahí se los dejé.

—Muchas gracias. Vaya disfrute del resto del día y de su novia.

—Usted también, doctor. Mire que de pronto ya consiguió la suya —soltó la frase en tono socarrón.

—No creo.

—Anímese. Usted anda muy solo, igual que ella. Eso sí, hágalo con más disimulo —guiñó el ojo mientras se dirigía la puerta.

—Gracias por el consejo —respondí con ironía.

Mi secretario se fue contento como si me hubiera salvado el día.

Vivas era un tipo avispado y simpático al que todos, menos yo, llamaban el "Cholo". El apodo le vino por lo mestizo y por una degeneración de su nombre: Charles. Sus padres, en el intento de revestirlo de cierta alcurnia —porque de realeza no tenía ni una gota— decidieron llamarlo como el Príncipe de Gales. A los de El Matoyal les resultó imposible pronunciar Charles en inglés, y de tanto machacarlo le comenzaron a decir "chárles", y de charla en charla, pasaron a llamarlo el "Cholo" y así se quedó. El "Cholo" Vivas sonaba mejor, y en todo caso, iba más acorde con él.

Cerré la oficina y me quedé adentro, esperando a descomprimirme. Fui hasta el cuarto auxiliar, abrí la neverita y destapé una cerveza. El primer trago fue reconfortante. No me había percatado de lo sediento que estaba y seguí tomando como si fuera agua. Con apenas medio café y un trozo de torta en el estómago el alcohol hizo su efecto enseguida. Me relajé un poco y me puse a revisar expedientes mientras acababa la cerveza, y sin darme cuenta mi concentración se fue disipando en medio de cavilaciones hasta que me venció el sueño.

Cuando desperté todo estaba oscuro y tenía un hambre atroz. Decidí ir por mi coche que había dejado en el cementerio, el cual distaba unas cuantas cuadras de mi oficina. Si tenía que huir, me entró la idea, era mejor que lo hiciera motorizado. Me arreglé lo mejor posible y salí a la calle. No había llegado a la esquina cuando escuché que me llamaban:

–¡Doctor, doctor!

Era Doña Benigna, la señora de la plaza que hacía la mejor sopa de la comarca.

—Aquí le guardé su sopita —me dijo acercándose con una bolsa—. Me imaginé que todavía estaba trabajando.

—Sí, ha sido un largo día.

—No se preocupe, doctor. Aquí tiene para que se recupere.

—Muchas gracias. Usted es toda bondad.

—¿Cómo voy a desamparar a mi doctorcito si ha sido tan bueno conmigo?

—Lo hago con mucho gusto, Benigna.

—Yo también. Está un poco fría, pero espero que le siente bien.

—Sus sopas son lo mejor. No sabe lo mucho que lo aprecio. Esto es por la sopa y esto por guardármela —le pagué junto con una buena propina.

—Muchas gracias, doctor.

—A usted doña Benigna. Ahora sí vaya descanse.

—Y usted no trabaje tanto. Mire que se ve desmejorado.

—Lo tendré en cuenta.

Ella se fue con su burro y sus trastes camino a la loma.

A Doña Benigna la conocí justamente un sábado en el mercado. Cuando terminaba mis consultas, me iba a la plaza a almorzar en su puesto. Ahí fue cuando ella me contó que vivía sola en una parcelita y que sus hijos querían vender la tierra y ponerla a ella en un asilo. Aquella humilde mujer no concebía vivir en otro sitio fuera de su casa, lejos de su huerto y animales. Cuando hablaba de esa posibilidad, lo hacía como si la estuviera viviendo, se agitaba y se le cortaba la voz. Al preguntarle sobre su parcela, me dijo que al morir su marido este le había dejado unos papeles que ella no entendía. Le pedí que viniera a verme cualquier día, que no le cobraría y que me mostrara esos papeles. En efecto, la parcela estaba a nombre de su marido y de ella, con lo cual le ayudé a registrar un nuevo documento para que apareciera como única propietaria. Los hijos no pudieron hacer nada y ella quedó muy agradecida conmigo.

Los sábados, pues, tenían para mí una doble satisfacción. Por una parte, ayudaba a la gente, y por otra, recibía la más deliciosa compensación: la sopa de doña Benigna, quizá la mejor del mundo. A veces, cuando se extendía la jornada y llegaba tarde al mercado, ella me tenía guardado un plato con algún acompañante, un tamalito, una mazorca o unas papas con guiso. Su comida era muy apetecida y la vendía toda, pero siempre me separaba la sopa y lo que podía. Aunque no esperara nada a cambio, se le notaba la felicidad cuando le pagaba y le encimaba la propina. Era el único que se la daba. Para mí era una satisfacción y una forma de agradecimiento, pero para ella esa plata extra era la mejor forma de cerrar el día.

La sopa me supo a gloria y me devolvió las fuerzas para caminar hasta el cementerio. Llegué hasta mi automóvil, encendí el motor y una vez más sentí el impulso de abandonarlo todo, salir del pueblo con lo que llevaba puesto y desaparecer. Muchos se quedarían en vilo preguntando qué me había pasado, otros pensarían que me secuestraron, que me mandaron a asesinar por alguna sentencia que dicté, cosa que ya había sucedido con un par de jueces que me precedieron; tampoco faltarían los chismes de todo tipo, podían decir lo que quisieran, no me importaba; y en cuanto a la señora Clara, no creo que se pondría a ventilar el asunto de la violación. Yo también tenía un arma en mi poder, podía decir o dejar una nota explicando qué era lo que ella buscaba con ese chantaje, tendría mi modo de delatar sus intenciones, así que ella no diría nada, ¿además, por qué mancharía su nombre de esa forma?, simplemente se buscaría a otro que le produjera el testamento y me dejaría tranquilo, se olvidaría de mí mientras yo seguiría con mi vida en otra parte.

Salí del cementerio y manejé un buen rato alejándome del pueblo, pensando en todas esas cosas; ya la señora no me preocupaba, tampoco mi reputación, me veía redactando una carta al Ministerio explicando que renunciaba a mi puesto y, de paso, a mi carrera; diría que me retiraba de la judicatura y, ante ese panorama, ya empezaba a imaginarme cuál iba a ser mi nueva investidura, ¿en qué me iba a convertir?, ¿qué iba a hacer?, alguna de las cosas que siempre quise realizar, me dije, total, uno no es lo que ejerce sino lo que hace por convicción, y yo estaba convencido de que me había llegado la hora de mudar de piel, de ponerme otro uniforme, por ende, anticipaba que me tocaría explicárselo a mi familia y amistades, ya me veía diciéndoles que este nuevo cambio no significaba una derrota, que lo hacía sin sobresaltos ni arrepentimientos, aunque sabía de antemano que no quedarían satisfechos, pues a pesar de que en todos estos años he demostrado un probado talento para saltar de una profesión a otra, eso no ha sido suficiente para que se dejen algún día de joder, para que me dejen en paz; al fin y al cabo, era mi vida, y podía decir que era feliz, aunque ahora estuviera manejando sin un rumbo claro.

Al final, no me fui de El Matoyal. Cuando salí por la cabecera del pueblo me entró un cansancio demoledor y me dije que, si quería irme, era mejor que durmiera, arreglara unas cuantas cosas y saliera al otro día después de darme una buena ducha. Llegué a la casa y no recuerdo a qué hora me profundicé, pero tuvo que ser apenas me tumbé en la cama. A la mañana siguiente desperté más lúcido y reposado, me preparé un café espumoso y me di un desayuno de noticias.

Sigo el acontecer mundial para mantener mi salud mental, pues, de cierto modo, me reconforta leer lo mismo de siempre: desastres de un lado y tragedias por otro; conflictos cercanos y guerras lejanas; corruptela nacional y robo internacional; la elección de un extremista de derecha o la perenne atornillada en el poder de un incapaz de izquierda; todo apelmazado con la banalidad del entretenimiento donde todos sostienen sus sonrisas tapando una fama hueca, despojada de alma y contenido. Digo que leer las noticias me permite mantener la cordura y sobre todo la fe en mí mismo, pues corroboro cuán ajeno me siento a ese mundo desquiciado y sin sentido.

De otro lado, están los artículos formativos y ellos hacen parte de mi cuerpo de lectura. Entre estos, sigo los que publica un portal de ciencia forense y otro sobre la exploración del cosmos. No falta el que diga que se trata de campos opuestos, pero yo les encuentro una similitud en la medida que ambas profesiones se dedican a seguir pistas. Mientras la una se basa en conocimientos científicos para resolver un crimen aquí en la Tierra, la otra investiga lo que ocurre afuera del planeta, escudriñando el origen y trayectoria de los cuerpos celestes. Del mismo modo como los investigadores recogen la evidencia dejada por los humanos, así mismo los astrónomos siguen el rastro de las estrellas extintas o el último brillo de las nebulosas antes de que sean tragadas por un agujero negro. Ciertamente, en el universo hay más misterios y preguntas sin respuestas mientras que en criminalística hay menos zonas oscuras, y esto se debe a que los seres vivos siempre dejamos rastro de nuestras actividades.

Leyendo precisamente sobre técnicas forenses, me llamó la atención el caso de un sonámbulo acusado de haber matado a su esposa durante el sueño. Me fascinó el modo como el investigador descubrió que se trató de un asesinato perpetrado por otra persona. Todo parecía inculpar al esposo, ya que tenía un historial de episodios de parasomnia durante los cuales había atacado a su mujer. Por esta razón, la pareja dormía en cuartos separados, y a veces ella le ponía seguro a la puerta. Al parecer, esa noche no lo hizo o alguien forzó su entrada. A la mañana siguiente el pobre hombre se despertó, y al ver que su esposa no respondía, abrió la puerta y la halló lívida en la cama. De inmediato llamó a la policía y aseguró que la había estrangulado. Todo lo incriminaba: la puerta tenía sus huellas y el cuarto estaba plagado de rastros de su ADN, no solo viejos por vivir él en la misma casa, sino los que dejó al entrar en la habitación. El afligido esposo no recordaba lo sucedido y era de esperarse que la justicia lo exonerase al declararlo "mentalmente incapacitado". Sin embargo, el investigador no estaba convencido de que el cónyuge fuera el homicida. Por el desorden en la cama, era de suponer que la mujer había alcanzado a reaccionar, y que alguna evidencia debió haber quedado en el cuerpo del esposo, pero los exámenes demostraron que este no presentaba aruñazos ni marcas de forcejeo en sus manos, rostro o ropa.

El investigador conjeturó que alguien quiso aprovecharse del sonambulismo del marido para que recayera sobre él la culpa, por lo cual dedujo que se trataría de alguien que conocía a la familia y que tenía acceso a la casa. El perito buscó otras evidencias y entre ellas se le ocurrió tomar muestras del tapete que estaba junto a la cama de la víctima. Era factible que el asesino se hubiera parado sobre él mientras estrangulaba a la señora. Durante el esfuerzo, los zapatos del agresor tuvieron que apoyarse sobre el tapete y era de esperarse que la fricción hubiese liberado algunos residuos de tierra de la suela. El investigador recolectó muestras muy pequeñas, y al hacer el estudio encontró que provenían de un terreno donde había patos y otros animales de granja.

Juntando las piezas se llegó hasta el hijo de la pareja que vivía no muy lejos de allí. En efecto, en su casa de campo tenía estos animales y los análisis comparativos arrojaron un resultado positivo. Además, bajo su camisa ocultaba unos rayones como marcas de arañazos y la explicación que dio no fue suficiente para exculparlo. Lo suyo, luego confesaría, obedeció a un profundo odio hacia su madre y un desprecio hacia su padre por razones que no viene al caso mencionar. El hecho es que me puse a pensar en la viuda Clara y me arrepentí de no haber tomado más precauciones en la investigación. Como he dicho, no soy experto, pero he debido revisar mejor el perímetro, hacer más preguntas, en fin, no tragar entero la versión de lo que parecía haber sido un accidente.

Volví a darle vuelta a la hipótesis del asesinato. Supuse que la señora no quiso matar a su esposo dentro de la casa para evitar una indagación más exhaustiva. Con un muerto bajo techo y un solo testigo surgen más interrogantes, pero con un muerto al aire libre, prácticamente a la vista de todos, resulta más fácil aceptar las circunstancias. Ella, pues, habría escogido la entrada de la casa para hacer ver la caída como un mal paso; sabía que corría un enorme riesgo, por lo tanto, se habría cerciorado de hacerlo rápido. Para ello habría esperado el día en que Don Inocencio llegara tomado de copas para recibirlo en la puerta, darle el beso de Judas y despacharlo de un empujón. Tuvo que ser tan repentino que el hombre no pudo reaccionar, ¿o sí? ¿Como la esposa del sonámbulo?

En ese momento recordé la camisa del muerto. Estaba abierta a la altura del pecho y no me extrañó debido a que muchos hombres la llevan así por el calor. Luego noté que le hacía falta un botón, pero no le di importancia a ese detalle. Don Inocencio era un hombre de recursos, pero vestía sencillo debido a que se la pasaba trabajando en su finca y por eso a menudo usaba ropa desgastada. No me sorprendió, pues, que le faltara un botón, pero en medio de esta recolección de imágenes se me vino la visión de la señora empujando a su marido y de este tratando de agarrarse de ella; en el forcejeo ella se habría querido desprender de él, de modo que la camisa terminó siendo lo último que los separaba.

Imaginé en cámara lenta como el botón salía despedido por el aire mientras Don Inocencio caía de espaldas; cerré los ojos y deduje que el área del posible descenso del objeto abarcaba los arbustos aledaños a la entrada y los escalones, así que afiné mis cálculos mentales para recrear la trayectoria, pero el golpe seco de la cabeza de la víctima contra el suelo me devolvió a la realidad. Era difícil comprobarlo, sin embargo, la idea del empujón nunca me abandonó.

Decidí que no podía irme del pueblo dejando todo inconcluso. Ese domingo tenía ganas de quedarme en casa a terminar una novela que vengo escribiendo desde hace rato, y aunque esperaba con ansia sumergirme en esa labor para abstraerme de mi realidad, entendía que era mejor salir y actuar de modo normal; "el que nada debe, nada teme", traté de darme fuerzas, así que terminé un capítulo, me bañé y salí a buscar algo de comer.

Pasé por la plaza y allí estaban los niños revoloteando, los vendedores de dulces, los mercachifles con sus puestos de baratijas y los contertulios de siempre despotricando de política y de fútbol.

—¿Cómo le va doctor Llano? —me saludó uno de ellos.

—Bien. ¿Ya arreglaron el mundo? —pregunté.

—Con esta gente no se puede —respondió otro quejándose.

—Yo los veo muy tranquilos y conformes —dije.

—¿Qué más se puede hacer si los amigos que tengo son una partida de reaccionarios? —volvió a replicar el quejón.

—Lo que se necesita aquí es una revolución, alguien que se ponga los pantalones —agregó otro de los parroquianos.

—Tú y tus revoluciones —le recriminó su compañero.

—Por eso estamos como estamos —contestó el aludido.

—¿Y a dónde va, doctor? —preguntó el primero.

—A almorzar —dije mientras seguía mi camino.

—Doctor, tengo que ir a verlo para el asunto que le mencioné —anunció como si fuera la primera vez que me lo decía.

—Ya sabe que puede venir cuando quiera y que los sábados atiendo gratis —recalqué.

—Es que he estado muy ocupado —se justificó.

—Ya veo. No se esfuercen demasiado —me despedí—. Que la pasen bien.

No quise perder más tiempo. Predicar eficacia en un ambiente anquilosado por la dejadez es como arar en el desierto. Este pueblo está plagado de personas sin iniciativa a excepción de Doña Benigna, los del mercado y los que trabajan de verdad. Por eso es cierto que estamos como estamos.

Después del almuerzo me fui a leer al "Café Prosaico", un amago de taberna literaria cuyo nombre, más que aludir a la prosa, era el vívido ejemplo de lo insulso. El sitio mantenía un cierto aire bohemio debido a que tiempo atrás funcionó junto a un teatro de variedades. Testigos de aquella época eran los afiches y fotos descoloridas de artistas y cantantes que luchaban por permanecer perennes frente al polvo y el olvido. Todos en el pueblo conocían a la dueña por su nombre artístico, Talía Galas, muy apropiado para las artes escénicas. Era simpática y desenvuelta y, como toda diva, se resistía a olvidar el pasado. Tenía una especie de camerino con luces detrás del mostrador en el que sobresalían retratos de su carrera como actriz y un maniquí al que vestía periódicamente con distintos atuendos. El café que Doña Talía preparaba era decente, y para leer uno podía escoger ediciones primigenias de algunos clásicos, mezclados de manera absurda con libros escolares, revistas de farándula y periódicos atrasados, así como manuales de cocina y ejemplares de Mecánica Popular. No me preocupaba seguir la lectura de una determinada novela, puesto que el libro podía desaparecer o le faltaban páginas, de modo que me remitía a escoger uno y leer al azar cualquier capítulo.

Serían las cuatro de la tarde y me encontré desprogramado. Podía ir por los lados del río o meterme en un cine, pero el carro lo había dejado en la casa y la película que estaban dando ya me la había visto tres veces, así que me puse a caminar.

La muerte de Don Inocencio seguía rondando mis pensamientos y sentí que debía visitar su tumba. Quizás si al hablarle, si al plantearle las dudas que tenía, pensé, recibiría un mensaje del más allá, cualquier ayuda para salir de mi atolladero. A esa hora todavía había algunos visitantes en el cementerio, me acerqué a comprar unas flores y camino a la sepultura me encontré con Marco Hoyos, mi "colega" el enterrador.

—¿Vino a darme una mano, doctor? —me saludó.

—No sabía que me tenía más trabajo —contesté a modo de chiste.

—Siempre lo hay. Los muertos no descansan. Todos los días se muere uno.

—Bueno, en ese sentido sí. El problema es que no avisan.

Marco Hoyos no se rio. Desde que lo conozco jamás le he visto siquiera esbozar una sonrisa. Yo igual trato para ver si algún día consigo espantarle esa pesadumbre.

—Nunca lo había visto con flores. ¿Se le murió alguien? —preguntó.

—No, solo quería llevarlas a la tumba del señor que enterramos el viernes.

—Por aquí han pasado los trabajadores de su finca. Se ve que lo querían mucho.

—Así es. Voy a visitar la tumba de todos modos, y si ya tiene flores pondré estas en otra que las necesite.

—Siga no más. Usted ya conoce el camino.

Me dirigí al lugar donde reposaban los restos de Don Inocencio y sentí que las almas de los difuntos me susurraban cosas. Para mí los cementerios son espacios donde los vivos se aferran a la materia descompuesta de sus seres queridos, de modo que nunca los visito, aparte de la ayuda que le presto al señor Hoyos. Esta era, pues, la primera vez que me dirigía a rendirle tributo a un muerto y lo más impensado era que iba con la intención de hablarle.

Los susurros comenzaron a ser bastante notorios, ¿o eran mis propios pensamientos?, *"recibirás una noticia"* parecían decirme, ¿o era mi necesidad de saber algo que proviniera de otro mundo lo que producía aquella interferencia en el mío? No sé, me confundían las hipótesis, a veces era yo el que me contestaba y otras creía escuchar los mensajes de estímulo que me impulsaban hacia la tumba. A cierta distancia, vi un hombre joven que estaba parado frente a la sepultura, no era de aquí, vestía saco y pantalones oscuros con una camisa blanca elegante, el estilo era algo deportivo, pero sobrio; estuvo un rato de pie con la cabeza gacha murmurando algo y pensé que rezaba, pero sus gestos denotaban que le costaba expresarse, entonces supe que se desahogaba. ¡También él había venido a hablarle a Don Inocencio! No quise interrumpirlo porque me pareció que necesitaba estar a solas. Al terminar, se inclinó y recorrió la lápida con su mano, se colocó unas gafas oscuras y salió. Yo hice como que venía a dejar las flores a una tumba cercana y el hombre pasó detrás de mí. Ahora tenía otra pregunta que hacerle a Don Inocencio: ¿quién era ese visitante?

Había llegado hasta allí impulsado por un ansia inexplicable, multiplicada por un coro de voces que revoloteaba en mi mente, y cuando llegué frente a la tumba, en vez de preguntarle cosas al difunto, se me olvidó todo y no necesité decir nada, me embargó una gran sensación de paz, como si todo estuviera bien y aquel sitio fuera el lugar más apacible del planeta. Me senté a un lado y un bienestar infinito me colmó por completo, todo alrededor se reveló ante mí con colores más luminosos; las formas de las tumbas, los árboles y sepulcros se confundieron en una sola luz, entonces cerré los ojos y aquel resplandor me inundó por dentro, todo se expandió y me quedé lo más quieto posible tratando de no disturbar aquella experiencia.

No sé cuánto tiempo duré así, pero de un momento a otro comencé a escuchar una voz que me llamaba, "doctor Llano, doctor Llano"; traté de dejar la mente en blanco para recibir el mensaje que tanto esperaba; la voz me distraía, pero al mismo tiempo quería escucharla, pensé que si un mensajero se estaba manifestando de esa forma, yo debía concentrarme más para captarlo, así que me propuse aislar el sonido de los pájaros, el ruido de las hojas y el de mis pensamientos. En medio de esa delicada maniobra de sintonización me dejé llevar y pude ver una luz; me sentí flotando sobre una extensa nube hasta escuchar de nuevo la voz, "doctor Llano, doctor Llano"; esta vez estaba seguro de que había logrado conectarme con la fuente, y supuse que esta requería de una confirmación, así que, tal como hacen los médiums cuando se comunican con los espíritus, respondí: "sí, sí". Esperé ansioso, y de repente me estremecí de terror al sentir una mano sobre mi hombro. El brinco aceleró mi pulso de tal forma que me faltó la respiración y el corazón me empezó a doler.

—Perdone doctor, ya es hora de cerrar.

La cara de Hoyos tampoco ayudaba a mi recuperación.

—¡Qué susto me ha dado hombre! —exclamé.

—Lo estuve llamando, pero no quería interrumpirle su oración. No sabía que usted era piadoso.

—¿Eh? No, nada. Estaba pensando, eso es todo.

—¿Está bien?

—No sé, después de este sobresalto creo que voy a necesitar una larga descompresión.

—Vayamos saliendo, doctor.

Caminamos de regreso por entre los estrechos senderos que separaban los osarios y el crepúsculo comenzó a devolverle al lugar su aspecto lúgubre y tenebroso.

—¿Cuánto tiempo pasé allí sentado? —pregunté.

—Una hora, tal vez.

—¿Tanto?

—Eso creo. Usted no se movió de su sitio.

—Vaya. No me di cuenta.

—Es lo que llaman "tiempo muerto" —dijo achicando los ojos como un aguilucho.

—Ciertamente, aquí el tiempo deja de existir —comenté a manera de remate, pero el sepulturero no se inmutó. Luego quise averiguar sobre aquel enigmático visitante–. Oiga, Hoyos, ¿usted vio al hombre que estuvo en la tumba de Don Inocencio antes que yo?

–Como le dije, aquí vinieron los trabajadores de su finca junto con sus familias.

–A lo mejor lo vio. Estaba de oscuro, con una camisa blanca. No era de acá en todo caso.

–No lo vi. ¿Lo conocía?

–Para nada. Nunca lo había visto.

–Es normal. La gente ve fantasmas que aparecen y desaparecen todo el tiempo –Hoyos afirmó con naturalidad–. Son visitantes del más allá o almas de este mismo cementerio que se quedan acompañando a las otras.

–Pues ese fantasma parecía de carne y hueso.

–Yo también los he visto y algunos son muy reales.

–No me haga dar escalofríos, hombre.

–¿Me va a decir doctor que con todos los cadáveres que usted ha recogido y enterrado todavía le dan miedo los muertos?

–Una cosa es que estén muertos y otra que anden deambulando.

–Siguen atrapados en este mundo, eso es lo que pasa. No se meta con ellos y ellos no tendrán modo de meterse con usted.

–Viniendo de un sepulturero creo que es un consejo muy válido –resalté.

Regresé a la casa recapacitando sobre la presencia de aquel forastero y en la hermosa experiencia de paz que había sentido junto a la tumba. *«¿Acaso aquel visitante era un ángel? ¿Quizás fue suya la voz que escuché? ¿Pero cómo iba a serlo? ¿Si aquel era un emisario de Dios, no hubiera sido más procedente llamarme por mi nombre hebreo, Harel, en lugar de "doctor Llano"?».* De todas maneras, algo me impulsaba a creer que había recibido un mensaje de una fuente celestial y que ella estaba velando por mí, por lo tanto, todo iba a salir bien. Con esos pensamientos me fui temprano a la cama y con la misma inspiración me levanté aquel lunes para ir a mi despacho.

La confianza pronto se disipó cuando vi entrar a la elegante viuda con una carpeta en la mano.

—Buen día, doctor. Aquí le traje el documento que le prometí.

—No la esperaba tan temprano. Siga y acomódese.

—Pero qué parco se ha vuelto, ¿ese es el saludo que me da?

—Disculpe, estaba ocupado con otra cosa. ¿Cómo le va?

—Bien, dentro de lo posible, ya se puede imaginar —dijo ella.

—Con usted me puedo imaginar de todo.

—¿Ah sí? Qué bueno saberlo —comentó con cierto pavoneo.

—¿Me permite le echo una ojeada al documento?

—Me perdonará los errores e imprecisiones. No soy una experta —me lo entregó como si fuera un regalo.

El testamento no era hológrafo, sino que estaba elaborado a partir de una muestra de "hágalo usted mismo". Conocía ese tipo de formatos y todo parecía aceptable, pero noté algunas cláusulas adicionales en las que, aparte de la viuda y la hija, se excluía "de todo el dinero, bienes y propiedades" a los demás descendientes y familiares del difunto.

Le expliqué que el Código Civil establece como legitimarios a los descendientes, luego están los padres, seguidos del cónyuge, y que en las siguientes instancias se puede establecer como herederos a los hermanos, sobrinos y primos del difunto antes de que el Estado disponga de los bienes.

—Es simplemente una precaución —ella trató de sonar condescendiente—. Inocencio tenía muchos bienes al igual que un buen corazón. Por eso muchos se aprovechaban de él.

—De todas maneras, no se puede excluir a personas que legalmente están calificadas para recibir una parte de la herencia —indiqué.

—Inocencio nunca me habló de otras personas. Si acaso, él tendría motivos para desheredar a quien quisiera y no me extrañaría. Se notaba que era un hombre que guardaba un dolor muy profundo. Estoy segura de que hubo personas que le hicieron mucho daño.

—Para su información, las ofensas, la falta de cariño, los reproches, las diferencias por estilos de vida o posiciones ideológicas, al igual que los sentimientos o caprichos, no son causas válidas para desheredar a un legitimario.

—¡Si son indignos no deberían ser recompensados! —protestó ella.

—Hay una gran diferencia entre una persona indigna y alguien a quien se busca desheredar —expliqué—. La indignidad abarca a mucha gente y hay que probarla siempre mientras que la desheredación, sea mediante la omisión o no del nombre de la persona, solo afecta a los legitimarios. Además, debe estar apoyada por causas eficaces y aceptadas legalmente. De lo contrario, pueden ser contradichas por el desheredado.

—¡Ay doctor, francamente! ¿Usted cree que me interesa todo eso?

—Solo trato de aclararle algunos conceptos.

—¿Y qué me garantiza a mí que no van a aparecer avivados que quieran quedarse con lo que no les pertenece?

—Eso lo establecerá la ley.

—Quedamos en que usted me ayudaría.

—Entienda señora que yo no puedo hacer algo improcedente en términos legales.

—Si vamos a hablar de algo improcedente recuerde lo que ocurrió el viernes en mi casa.

—Creo que las falencias en un testamento de este tipo se comprobarían más rápido que las acciones indebidas que pudieron existir entre usted y yo.

—¿Pone en duda mi palabra?

—Solo trato de hacerle entender que un documento así puede ser impugnado por quienes tengan derecho sobre la herencia de su exmarido.

—Eso no va a ocurrir, además, eso no le compete. Todo lo que usted debe hacer es autenticarlo con una fecha reciente, de no más de tres meses y yo me encargo del resto.

—Técnicamente, es inaplicable —insistí.

—¡Bah! Usted y sus formalismos. Haga lo que le digo, ¿o prefiere ver una copia de mi denuncia para corregirla?

Me miró con tal determinación que no quise averiguar si en verdad había redactado una.

—En todo caso le aconsejo que elimine esas disposiciones. No se ven bien —dije—. Es mejor omitir, en lugar de especificar a quienes no se quiere en el documento, ¿me entiende? Tenga presente que usted no puede evitar que aparezca alguien a reclamar una parte de la herencia. Llegado ese caso, podrían existir atenuantes que hagan valer las estipulaciones de su exmarido o las suyas en este caso. Ya usted tendrá que lidiar con ese pleito.

—Si usted lo dice...

—Al menos así no resulta, digamos, tan sospechoso.

—Yo sabía que podía contar con usted —sonrió y se levantó—. ¿Cuándo lo tendrá listo?

—Debo revisar todo. Si encuentro otras imprecisiones la llamaré.

—¿Y cuánto se va a demorar en eso?

—Un par de días supongo.

—¿Y es que no puede revisarlo y decirme ahora mismo?

—Señora Clara, tengo asuntos pendientes y otros que demandan prioridad.

—Yo también tengo premura —precisó ella—. Hagamos una cosa: yo vendré el miércoles, y si no me dice lo que tengo que cambiar, de aquí mismo saldré para la policía. Creo que eso le dará prioridad a mi demanda.

—Haré todo lo posible para tenerlo listo.

—Sé que lo hará —se dirigió hacia la salida para terminar de despedirse—. Para celebrarlo, el miércoles en la noche podemos cenar en mi casa. Nada comprometedor, será un simple agasajo antes de Navidad. Que tenga un buen día, doctor.

—Que le vaya bien... —atiné a decir cuando ella ya había cruzado el umbral.

La revisión del documento no me iba a tomar dos días. Le dije eso porque quería ganar tiempo, hacer algunas averiguaciones, saber si existían familiares del difunto; con esa información podía, no solo confrontar a la señora, sino que me ayudaría a zafarme del chantaje al cual me tenía sometido. ¿De qué le serviría a ella que yo le autenticara un documento a sabiendas de que otras personas podían reclamar una parte de la herencia? Si yo tenía esa información, ella entendería que, de algún modo, yo podía contactar a esos herederos legítimos para que se hicieran presentes. De modo, pues, el panorama se me aclaraba. Sentía que la ayuda celestial estaba obrando a mi favor.

Agradecí que mi secretario tenía clases y que solo se aparecía en la oficina los miércoles y viernes, aparte de la media jornada de los sábados. Eso me permitiría encargarme del asunto en total privacidad, así que aplacé lo que tenía pendiente y empecé la búsqueda.

De los padres de Don Inocencio supe que habían muerto y, al parecer, no tenía hermanos. Descubrí también que Don Inocencio tenía otro nombre: Victorio. Debido a su carácter discreto, supuse que a él no le gustaba aparecer como un triunfador, como alguien dominante, y prefería ser visto como una persona sencilla. Me enteré también de que Don Victorio Inocencio Cabal era oriundo de una región vecina y que había llegado a El Matoyal hace unos treinta años, viudo y decidido a hacer dinero, gracias a la bonanza maderera. Por ese entonces tendría veintitrés años, era un hombre solo y austero, a quien no le interesaban las distracciones del pueblo. Quienes lo conocieron en esa época aseguran que se construyó una casita en medio del bosque y que andaba con la misma ropa. A medida que las sierras arrasaban con el monte, dicen que vivió en dos o tres de esos cambuches hasta que un día bajó al pueblo y se puso a trabajar en una finca. Con el tiempo ahorró lo suficiente para alquilar una parcela y allí comenzó a criar gallinas. Luego adquirió un ternero flacuchento al que pocos daban por bueno, y lo alimentó de tal forma, que en cuestión de un año parecía un toro adulto. Aquel animal se convirtió en un semental apetecido y así fue como su dueño se interesó por la ganadería; se hizo de unas cuantas vacas y el negocio empezó a prosperar con lo cual necesitó de terrenos más grandes.

A medida que ganaba experiencia y apoyado en su férrea disciplina monetaria, Inocencio compró la tierra donde construyó su finca y siguió agrandando su propiedad, de modo que cuando la explotación de la madera empezó su declive, él ya se perfilaba como uno de los ganaderos más prósperos de El Matoyal.

Aparte de lo poco que sabía la gente, no era mucho lo que existía a nivel oficial o social sobre la vida de este esforzado finquero, solo que unos diez años después de haber bajado del monte, apareció viviendo con Clara Escalante. De pronto, me asaltó la duda puesto que no encontré registro del segundo matrimonio. Llamé a varios colegas y a distintos Archivos Notariales y no había información al respecto. El que la señora estuviera legalmente casada o no con él, era irrelevante a efectos de que el "testador" podía dejarle su fortuna a quien quisiera. Sin embargo, no dejaba de intrigarme.

Decidí entonces indagar sobre la hija de la pareja. Pensé que el apodo "Titina" era un derivado de algún nombre y busqué bajo Cristina sin resultados; probé con Bertina, Justina, Martina, Sixtina, Agostina,

Valentina, Florentina y un resto de "Tinas" hasta darme por vencido. Llamé al internado donde la chica había ido a estudiar y me dijeron que la hija de Don Inocencio se llamaba Libertad Escalante, que sus padres habían querido que llevara el apellido de la madre, pues "sonaba mejor". Le pregunté a la directora el porqué del sobrenombre "Titina" y me respondió que era por la ropa elegante que usaba, por lo general, extranjera.

Con estos datos seguí mis pesquisas y averigüé que Clara no dio a luz en el pueblo. Era de esperarse que una señora de su alcurnia no se iba a someter al decrépito servicio del hospital rural. De modo que la niña nació en el municipio capital y fue registrada allá mismo como Libertad Escalante Cabal. El notario me confirmó que el acta estaba firmada por ambos padres, lo cual constataba que Don Inocencio estaba de acuerdo con el orden de los apellidos. Aunque inusual, no había impedimento legal para registrar a un hijo de esa forma.

Al tiempo que eso aclaraba algunas cosas, mis esperanzas de encontrar algún dato relevante se disipaban. Sin otros sucesores, la hija aparecía como la legítima beneficiaria, y en cuanto a la madre, así fuera una concubina, nada la excluía de recibir una herencia si así lo disponía el "testador".

¿Pero cuál era entonces la razón por la cual la señora insistía en presentar aquel testamento en el que ellas dos aparecían como las únicas herederas?

¿Solo para no dejarle nada a la Iglesia o a obras de caridad tal como me lo había expresado? ¿Quizás ese era el deseo de Don Inocencio y ella quería evitar que se cumpliera? Podía ser la explicación.

Mientras trataba de hallarle sentido al pedido, un mensajero del Cielo entró caminando hasta mi despacho trayendo noticias reveladoras.

—Buenos días, ¿es usted Harel Llano? — preguntó el visitante.

¡Era el ángel del cementerio! Me quedé mudo, mirándolo, buscándole ver dónde tenía escondidas las alas.

—¿Es usted el abogado Harel Llano? — preguntó de nuevo.

—Sí, soy yo. ¿En qué puedo servirlo?

—Me llamo Gabriel Fecundo Ventura. Tengo entendido que usted estuvo a cargo del levantamiento y sepultura del cuerpo de Inocencio Cabal.

Su primer nombre me seguía indicando que era un ángel. El visitante tenía unos treinta años, se expresaba con buenos modales y mostraba gran seguridad al hablar. Más que investigador, tenía pinta de vendedor.

—Así es, ¿qué se le ofrece? —dije.

—¿Puedo sentarme? Tengo que confiarle algo y necesito su ayuda.

—Claro, bien pueda.

—Ante todo quiero decirle que me mueven motivos personales y que en ningún momento he venido aquí por intereses materiales.

—Está bien. Lo escucho.

—Para mí ha sido muy doloroso haber tenido que actuar a espaldas de mis padres para entender de dónde vengo. Ellos me criaron y me dieron todo. Soy quien soy gracias a ellos, pero sé que una parte de mí es ajena al hogar donde crecí. Espero que ellos me entiendan. No quiero lastimarlos —expresó turbado como si sintiera una gran aflicción.

—Dígame, ¿qué fue lo que hizo que pudiera lastimarlos?

El hombre quiso decir muchas cosas y creo que, al verme completamente despistado, decidió soltarme la frase sin anestesia:

—Don Inocencio era mi padre.

Yo me levanté de un sopetón con la misma taquicardia que sentí en el cementerio.

—¿Cómo dice?

—Así como lo oye. Él era mi padre.

Enseguida pensé que se trataba de un impostor, de uno de esos estafadores bien vestidos y educados que caen como buitres apenas huelen mortecina fresca.

—Don Inocencio no tenía hijos —manifesté con firmeza.

—No es así. Mi padre me dio en adopción después de que murió mi madre. Me tomó muchos años averiguarlo y dar con el orfanato adonde fui transferido. Mis segundos padres nunca me ocultaron que fui adoptado, pero me pidieron que no averiguara sobre mi origen, pues, según ellos, no valía la pena enterarme del por qué había sido dado en adopción. Siempre insistieron en que no debía tener resentimiento hacia mis padres biológicos, ya que ellos me dieron la oportunidad de ser entregado a una familia para que esta me criara como su verdadero hijo.

—Es una historia difícil de creer.

—Para mí en cambio ha sido una culpa constante —el hombre no podía deshacerse de su congoja—. Primero, porque nunca he querido contrariar a quienes me dieron todo, y segundo, porque tampoco quería confrontar o avergonzar a mi verdadero padre.

—¿Cómo hizo para averiguar todo lo que usted me cuenta?

—Finalmente, sucumbí a la ansiedad y empecé a buscar entre los papeles de mi papá y mi mamá hasta que di con el nombre del orfanato donde fui adoptado. Queda cerca de acá, se llama Hogar Querubines. ¿Lo conoce?

—He visto el aviso por la carretera —respondí maravillado.

Se cumplía mi presentimiento: aunque el visitante era un hombre de carne y hueso, provenía de un hogar de ángeles.

—Una vez que supe del lugar fui a hablar con su directora —prosiguió—. Todo esto comenzó el año pasado. Ella no trabajaba allí cuando me adoptaron, pero me contó que años después, cuando la enviaron como directora, conoció a mi padre porque él visitaba el orfanato para llevar donaciones. Al inicio le pareció que era la obra de caridad de un hombre con un inmenso cariño hacia los niños, pero luego empezó a sospechar que algo más lo ataba a ese lugar. Ella se llama Esperanza Lazo, y entre ella y mi padre surgió una estrecha amistad, lo cual permitió que un día él le confiara la razón por la cual ayudaba al orfanato —el visitante hizo una pausa y respiró profundo para luego continuar—. Inocencio le dijo que mi madre había empeorado poco después de dar a luz, y que se había quedado solo cuidando de ella y de mí. Ellos eran muy pobres, y sabiendo que para él sería muy difícil trabajar y encargarse de un bebé, mi madre le pidió que me diera en adopción. Esperanza me contó que mi padre me dejó en una iglesia y que cuando regresó encontró a mi madre muerta. Para él fue un doble golpe y por eso le confesó a Esperanza que todos los días se arrepentía por haberme abandonado —dijo acongojado.

—¿Y por qué no fue a reclamar al bebé de nuevo? Hubiera podido decir que había cambiado de parecer —quise averiguar.

—Yo también le hice esa pregunta a Esperanza. Según me cuenta ella, a mi padre no solo le tocó enterrar a mi madre, sino que el dueño de la finca donde trabajaba le dijo que se tenía que ir porque necesitaba de una pareja que atendiera el terreno y la casa, y que un hombre solo no le servía, así que no podía salir a buscarme cuando ni siquiera tenía un lugar donde vivir. Cuando encontró trabajo, averiguó qué había pasado conmigo y le dijeron que me habían llevado al Hogar Querubines, lejos de donde él estaba, así que mientras trataba de salir adelante con su vida, el tiempo pasó y nunca pudo verme de nuevo.

—¿Cómo fue que Don Inocencio se relacionó con el orfanato?

—Eso fue mucho después —respondió—. Él buscó convencerse de que yo estaba en buenas manos, pero Esperanza me dijo que, a pesar de haber cumplido el deseo de mi madre y saber que había hecho lo mejor, no podía dejar de pensar en mí e imaginar todas las cosas que hubiera podido darme una vez se convirtió en un hombre próspero —expresó con la voz entrecortada, pero enseguida se repuso para sonar un poco más animado—. Ella me dijo que yo había sido su motivación para ser rico, para demostrármelo un día y demostrarse a él mismo que nunca dejaría que otros pasaran por lo mismo que él pasó.

Yo lo escuchaba perplejo. La historia que este hombre me contaba era desgarradora. Comprendí que no necesitaba indagar mucho, pues con su desahogo era suficiente.

—Siempre quise conocerlo —prosiguió conmovido—. Yo estuve viniendo todas las veces que pude para recabar información. De tanto insistirle, Esperanza accedió a mostrarme mi registro y otras cosas. Me contó que mi padre me había dejado en aquella iglesia con una nota pidiendo que me llamaran Gabriel Fecundo. El primer nombre lo había escogido él porque sentía que yo era un regalo del Cielo, y el segundo lo quiso mi madre, pues su embarazo fue una sorpresa, ya que creía que no podía tener hijos. Yo le agradezco muchísimo a esa iglesia, al orfanato y a mi familia adoptiva por haber mantenido esos nombres —expresó orgulloso—. Los llevo con mucho honor y cariño.

—¿Alguna vez vio a Don Inocencio? —me atreví a preguntarle.

—En un par de ocasiones la directora me reveló que estuve a punto de encontrarme con él. Una vez lo vi partir en su camioneta, pero no sabía que era él. Creo que, si hubiera sabido, me hubiera contenido de todos modos. Habría sido demasiado duro para él.

—Quizás no. Veo que usted es un hombre sensible, de buen gusto, y que al parecer le va bien en la vida. Se habría sentido orgulloso.

—El dinero es lo de menos y creo que si me hubiera conocido le habría causado una mayor tristeza. ¿Se habría sentido orgulloso de algo de lo cual no fue artífice?

—Tal vez. No tengo hijos, pero creo que a todo padre le gustaría ver cuán lejos han llegado sus descendientes.

—Supongo que sí, pero no quería revolverle sus sentimientos. Habría sido más doloroso.

–¿Entonces nunca lo conoció?

–De cierta manera, sí. Luego de ese episodio, Esperanza me reveló que acababa de cruzarme con él. Me hizo prometerle que si eso pasaba de nuevo no buscaría un encuentro. Le dije que lo evitaría, pero le pedí si era posible ver algún día una foto de él. Ella me llevó a su oficina y me mostró un álbum de las actividades del centro y en algunas fotos aparecía mi padre. Eran instantáneas de grupo en las que se veía a empleados y benefactores a través de los años; no eran de buena calidad y no se apreciaba bien el rostro de las personas. Él siempre aparecía en la última fila, apagado, como escondido. Esperanza me dijo que, a pesar de que mi padre era el principal benefactor del orfanato, él era muy modesto, al punto que en varias ocasiones evitó su cierre cuando faltaron recursos y nunca hizo alarde de sus contribuciones. Yo quedé un poco triste, pues no podía distinguir cómo era su rostro, si se parecía a mí, en fin, creo que a todos nos atrae conocer de dónde venimos y qué rasgos compartimos con nuestros familiares; entonces ella tuvo que adivinar mi desconsuelo porque la noté conmovida, así que me sorprendió con un inmenso regalo. Me dijo: "Gabriel, te voy a mostrar algo que guardo solo para mí porque tiene un significado muy especial", y diciendo esto abrió un cajón y sacó un portarretrato. En la foto aparecían ella y mi papá, vestían como en un día feriado, como si hubieran ido de paseo o a visitar un lugar turístico. Se veían radiantes y por primera vez pude ver la sonrisa de mi padre. Me vi reflejado en él. De no ser por lo que ella me había contado, hubiera pensado que era un hombre muy feliz. Posaban abrazados, pero aquel abrazo no era de colegas o la pose formal entre un benefactor y la directora. El marco de la foto denotaba un gusto delicado, y de seguro que fue escogido por ella, porque cuando se lo devolví, su mirada, entre apenada y lacrimosa, fue suficiente para delatar que entre ellos había existido algo más que una simple amistad.

—Vaya. Esta sí que es otra revelación.

—Le pido por favor la mayor reserva. Entienda que yo no vine aquí a crear escándalos o a regar chismes.

—Si lo que usted me cuenta es verdad, supongo que tarde o temprano se sabrá.

—No tengo razones para juzgar a nadie y del mismo modo como yo no voy a dar pie a habladurías, así mismo espero que usted sea discreto. Que la gente hable de otros por puro placer sin conocer lo que han vivido me parece mezquino.

—Lo entiendo y despreocúpese. Solo lo digo por si un asunto de esta índole termina en un pleito legal. Eso es todo.

—Esa no es mi intención —recalcó.

En sus ojos se podía ver que hablaba con sinceridad. Sin embargo, quería cerciorarme de que no había otro componente oculto.

—Dígame una cosa, ¿cómo supo lo de la muerte de Don Inocencio?

—Esperanza me llamó. La noticia la supo enseguida, supongo que se enteró o que alguien del pueblo le avisó.

—Ya. Entonces no entiendo el motivo de su visita. ¿Para qué vino a contarme todo esto?

—Perdóneme. Mi historia no es importante, pero tenía que decírsela porque a quien quiero que ayude es a Esperanza. Yo correré con los gastos.

—¿De qué modo puedo ayudarla?

—Ella me dijo que Don Inocencio le había dado unas instrucciones en caso de que él muriera. No me quiso decir cuáles eran, pero me preguntó si conocía a un abogado. El domingo cuando vine a visitar la tumba, estuve preguntando por el pueblo y así fue como me dijeron que usted se había encargado de lo relacionado con la muerte de mi padre.

—Desgraciadamente, sí. Bueno, si eso es lo que ella busca, aquí estaré para cualquier cosa que pueda serle útil.

—Gracias. No le quito más tiempo —se levantó y extendió la mano para despedirse—. Aprecio mucho su disposición.

—Es un gusto, señor Ventura. Antes de que se vaya, me gustaría tener sus datos. Es posible que necesite contactarlo.

—Espero que sea para lo estrictamente necesario —advirtió antes de entregarme su tarjeta.

—Así será —aseguré al tiempo que le estrechaba la mano y observaba la tarjeta—. ¿Vendedor de autos?

—Sí, eso hago.

—¿Camionetas?

—Sí, es lo que más vendo.

—Sabe una cosa, y se lo digo con todo respeto: veo una semejanza entre usted y Don Inocencio.

—¿Lo dice por las camionetas?

—De cierto modo. Usted se dedica a mantener un rebaño de automóviles que luego vende. Don Inocencio criaba vacas que también vendía.

—No había pensado en eso. Quisiera encontrar otras similitudes más allá de lo que nos distingue a simple vista. En ese sentido, la única persona que al parecer conocía a mi padre mejor que nadie es Esperanza. Ella tiene mucho que contarme.

—Eso intuyo.

—No se preocupe, nos veremos de nuevo —dijo y se dirigió a la puerta—. Me estoy quedando en un hotel a las afueras del pueblo y antes de irme pasaré a despedirme. De nuevo, muchas gracias por su tiempo, señor Llano y por la ayuda que le preste a Esperanza.

—A usted por la visita, señor Ventura.

El día se había pasado volando entre la visita de Clara, mis averiguaciones y el increíble testimonio del ángel adoptado. Ahora, otra inquietud ocupaba mis pensamientos. No podía abstraerme de la curiosidad por saber qué quería confiarme la directora del orfanato. Tampoco sabía cuándo iba a llegar. Estaba tan desconcertado que no tuve las ganas ni la concentración para revisar el testamento. Si el querubín Ventura era hijo biológico de Don Inocencio y su primera esposa, eso no cambiaba el panorama, puesto que la adopción establece la extinción de derechos y vínculos jurídicos entre el adoptado y su familia de origen. Además, como el ángel de las camionetas decía que no lo impulsaban intereses monetarios, eso evitaba considerar una serie de intrincados escenarios legales. De modo, pues, su aparición no cambiaba en nada el hecho de que tenía que entregarle el documento a la señora Clara, tal y como ella lo quería. Seguía sin una salida a mi problema.

Esperé hasta las siete de la noche en caso de que la directora del hogar de infantes llegara, pero no fue así. Hice una copia del testamento, recogí el original, cerré la oficina y me fui a la casa. No tenía mucho apetito, seguía pensando en el ángel de las camionetas, la consulta de la presunta novia de Don Inocencio, y claro está, el bendito testamento. Ese martes tendría otro día a solas en mi despacho y eso me tranquilizaba, pero no podía anticipar cómo iba a desarrollarse la jornada, así que lo más prudente era revisar el documento para hacer las correcciones pertinentes.

No pude. Me debatía entre legalizar algo fraudulento, enfrentar la demanda o esperar que algo extraordinario sucediera a último momento. Si llegado el miércoles no cumplía con la petición de la señora, estaría jodido.

Al día siguiente llegué temprano a la oficina para atender las tareas que había dejado aplazadas, pero no pude avanzar, pues enseguida nuevos asuntos requirieron mi atención. El primero que se asomó fue Don Agamenón Rebasa, el cascarrabias que quería tumbar el puente que llegaba a su propiedad. Insistió en que no se iría hasta recibir una noticia de cuándo el gobierno iba a construir otra vía de acceso fuera de su predio. Me amenazó y no tuve más remedio que hacer una llamada fícticia.

—Dígales que, por el lado del peñón, después de la curva pueden poner el puente —me ordenaba mientras yo hacía como si hablara con alguno del Ministerio de Obras.

—Entiendo, entiendo. Ya veo, o sea que… claro, comprendo —me esforzaba por recitar mi papel.

—Dígales también que con mucho gusto yo lo dinamito y les ahorro el trabajo.

—Sí, sí —trataba de apaciguarlo mientras seguía con mi fingida conversación—. Desde luego, imagino que no es fácil.

—¡Claro que es fácil! Lo hago hoy mismo si quieren —insistía el potencial demoledor.

—Bueno, yo le diré. Muchas gracias. Que tenga un buen día —colgué.

—¿Qué le dijeron? —preguntó ansioso.

—El asunto es complicado —improvisé—. El Ministerio tiene obras aprobadas y se rige de acuerdo con un calendario. La que usted pretende realizar no obedece a una necesidad que haya pasado por los canales oficiales, sino que nace de un simple deseo suyo.

—Ya le he explicado doctor que ese puente es ilegal porque está en mi propiedad.

—Habría que ver si esa vía existía en algún registro antes de que usted o su familia ocupara ese terreno.

—¡No me importa si existía en un mapa anterior! ¡Está en mi finca y no lo quiero allí!

—Lo sé, Don Agamenón. Puede haber estado en planos que vienen de mucho tiempo atrás y por eso se ha quedado así. Con decirle que hay mapas de parcelas que existen desde tiempos de la Colonia y todavía tienen vigencia.

—¡Me cago en la corona del que sea!

—Es posible que se trate de un camino público en un predio privado. No es raro que una propiedad incluya bienes de servicio público y en ese caso el dominio lo establece el Estado si fue el que construyó la vía.

—Ese puente no lo construyó el Estado y mi familia siempre se opuso a que estuviera allí. ¡Lo hicieron los de aquí y ha ido creciendo sin que a nadie le importe!

—Tenga en cuenta que un camino privado puede ser considerado como público si los habitantes de una zona han hecho uso de este por varios años.

—¡Nada de eso! ¡Lo que ha hecho la gente es invadir propiedad ajena!

—Don Agamenón, no se exalte. Entienda que para que prospere su petición deberá someterla al Gobierno

Regional e iniciar un proceso para que sea estudiada su demanda y la viabilidad del proyecto. Esto, ya se puede imaginar, puede tomar más tiempo de lo que usted quisiera. ¿No ha pensado vender esa parte de su terreno?

–¡Prefiero dinamitar esa chapuza!

–No creo que esa sea su intención, a menos que quiera dejar de lidiar con ese asunto desde la cárcel – traté de persuadirlo.

El hombre me miró con ganas de hacerme volar por los aires.

–¡Pues si esto sigue así, alguien va a ir a parar a la cárcel o al cementerio! ¡Se lo aseguro!

–Piénselo, Don Agamenón. Así se evita ese dolor de cabeza que lo tiene tan ofuscado. Al fin y al cabo, la gente de este pueblo y sus animales no cruzan por su finca. Solo utilizan una pequeña franja. En cambio, si vende esa parte de su terreno, podría construir su propio puente donde usted quiera. ¿O me va a decir que no lo usa a pesar de lo mucho que le molesta?

–¿Tengo derecho, no es así?

–Si construye el suyo sería completamente privado y así le deja la otra vía a los demás.

–Ahí están pintados ustedes los empleados públicos. Solo sirven para darle vueltas a las cosas y nunca le dan respuestas a uno.

–Creo que le he dado una solución, aparte de orientación y hasta un consejo para que no se meta en problemas.

—¡Valiente ayuda! Como si eso resolviera mi situación. Ya veré lo que hago.

—Aquí estaré para lo que necesite.

El hombre se fue sin despedirse.

Acababa de sortear mi primera distracción del día cuando veo que Segura, uno de los policías, entró al despacho trayendo del brazo a uno de mis "pacientes" habituales.

—¿Ya se bebió toda la pensión, Don Tomás? —lo saludé.

—Tiene que hacer algo con él —me pidió el agente—. En ninguna parte lo quieren ver más.

—¡Es una injusticia y una discriminación!   —reclamó el borracho—. Yo tengo dinero para pagar.

—No es así —lo corrigió Segura—. Tiene muchas cuentas sin pagar. Por eso no quieren darle más servicio.

—Yo vengo a poner una queja formal, señor juez —se aproximó tambaleante a mi escritorio.

—¿Y cuál sería su demanda? —lo invité a hacer su descargo.

—Incumplimiento en la prestación de servicios y... —se le fue la palabra por un momento y luego la retomó— discriminación. ¡Eso mismo!

—Bueno, Don Tomás. Si es cierto lo que dice el agente Segura, esos comerciantes tienen el derecho de negarle sus servicios si usted no les paga o les debe dinero.

—Yo siempre he dicho que voy a pagar —el alcoholizado levantó el dedo índice.

—Pero no lo hace —replicó el policía.

—Es verdad, Don Tomás. Todos los meses es la misma historia con usted. Se la pasa de la cantina a la cárcel. Voy a tener que pasarle también una cuenta por hospedaje y manutención.

El borrachín abrió los ojos, sorprendido.

—No me diga que también debo pagarle a usted.

—Solo le hago ver que sus acciones también representan un costo para la municipalidad, y, por ende, para sus ciudadanos. Todos pagan por usted, de una u otra forma.

—Pues les pago a todos y se acabó. ¿Cuánto es? —golpeó con su mano mi escritorio.

—Eso no importa ahora, Don Tomás. Lo importante es remediar la situación. Mire que se va a quedar sin nadie que le venda o le fíe. ¿Eso es lo que quiere?

El hombre se quedó callado y yo aproveché para despachar al agente.

—Puede esperar afuera, Segura. Voy a hablar unas cosas con el señor Servino.

—Está bien, doctor. Yo espero, entonces.

El agente salió de la oficina. Yo le acerqué una silla al acusado y lo ayudé a sentarse.

—A ver, Don Tomás. ¿Hasta cuándo usted cree que va a seguir así?

—Yo estoy perfectamente.

—No, no lo está. Está deteriorando su salud y echando a perder las amistades que tiene en este pueblo.

—Yo les voy a pagar, ya se lo dije. Y también a usted. Métame en la cárcel que luego yo arreglo todo.

—Eso dice todos los meses —enfaticé.

El hombre dejó de hablar, pero objetaba mediante gestos.

—No podemos seguir así —continué—. ¿Qué vamos a hacer entonces, ah?

—Yo le prometo, doctor, que voy a beber menos —dijo con voz tenue.

—Eso es una buena promesa, pero usted sabe bien que solo es válida si comienza a cumplirla.

—Yo se lo prometo. Métame a la cárcel, ¿sí?

—¿Se ha puesto a pensar que muchos quieren ayudarlo?

—Eso es fácil decirlo cuando no saben por lo que uno ha pasado —me miró tratando de cuadrar la óptica.

—Todos tenemos nuestras luchas y batallas —lo secundé—, y algunas las damos por perdidas. No quisiera pensar que usted se dejó ganar de la botella.

El beodo alzó el rostro y la franqueza le devolvió el enfoque a su mirada, se pasó la mano por el rostro como para espabilarse y exhaló un largo suspiro.

—Doctor, lo mío viene desde que yo era niño —empezó a desahogarse—. Yo no le he dicho esto nunca a nadie, pero mi papá se emborrachaba y nos daba unas muendas terribles a mí y a mi hermano cuando le traían quejas de nosotros. A mi mamá a veces le daba también cuando le reclamaba por las cuentas y la comida de la casa. Él siempre decía "yo voy a pagar, yo voy a pagar", y por lo que a mí me consta, él siempre pagó. Lo que pasa es que también se aprovecharon de él y aparecieron pagarés y cuentas que dizque él había dejado. Mi hermano ya se había ido de la casa y nos tocó a mi mamá y a mí irnos para otro lado porque no podíamos pagar esas deudas. De mi papá no supe más y me convertí en la cabeza del hogar. Mi mamá lavaba ropa y yo me conseguí un trabajo como recolector de basura, luego me levanté un puesto como vigilante hasta que me dieron un trabajo en un edificio del gobierno. Ahí me ofrecieron otro empleo y pasé a limpiar oficinas, siempre por las noches. Cuando mi madre murió me quedé solo, y como salía amanecido a esas horas no sabía qué hacer, así que para mitigar el cansancio comencé a tomar. Entendí por qué mi papá lo hacía. Él trabajó mucho y siempre decía que no progresaba. Sus amigos tampoco lo influenciaron bien. Además, a él le tocó un padre muy severo que le exigía mucho, y por eso se fue de la casa siendo muy joven, igual que mi hermano, así que prácticamente se hizo solo. No lo culpo, pero sé que se refugió en el alcohol para no sentir todo lo que lo rodeaba. Yo no sé si yo quise desentenderme del mundo, pero el trago me ayudó a dejar a un lado las preocupaciones. De seguro que de mi padre heredé la bebida, pero también la constancia en el trabajo, más, sin embargo, fíjese que nunca dejé la casa. Mi papá y mi hermano tuvieron sus motivos y yo también pude hacerlo, pero no lo hice –el hombre asintió como si recién se hubiera dado cuenta de eso, y luego prosiguió–. ¿Sabe qué otra cosa no heredé? Que nunca fui violento ni tuve problemas por el trago. De hecho, hice buena amistad con las personas del edificio donde trabajaba, y de tanto oír mis quejas por el horario que tenía, me recomendaron para un puesto como archivador y allí me quedé. El horario me cambió, pero no mi afición a la bebida. Eso sí, nunca llegué borracho al trabajo y siempre cumplí con mi deber hasta que me jubilé y me vine a vivir acá. La pensión que tengo me sirve para mantenerme, no más. Yo no le hago daño a nadie, doctor. Por eso debería creerme cuando le digo que voy a pagarles a todos.

—Si así se mantiene con lo que recibe, imagínese cuánto le quedaría si no gasta tanto en licor.

—Es difícil dejarlo, doctor.

—Todo es posible, Don Tomás.

—Vea, con la próxima entrada yo le abono algo a los que les debo y así todo el mundo queda contento.

—Me parece bien, pero nada me garantiza que usted va a reservar esa plata para pagar sus deudas.

—Oh sí, sí. Se lo prometo.

—Yo le propongo otra cosa. Antes de que esas personas interpongan una demanda contra usted para recuperar su dinero o negarle el derecho de admisión a sus negocios, usted deberá garantizar que se hará cargo de sus obligaciones.

—No es necesario, doctor.

—¿Quiere entonces que le congelen la pensión?

—Uy no, doctorcito. No pueden hacer eso.

—Si ellos no lo hacen, yo lo haré —traté de sonar lo más convincente posible.

—¿¡Qué va a hacer!? —me miró aterrorizado.

—Voy a determinar que una parte de su pensión vaya a un fondo del cual se pagarán las deudas que usted tiene.

—¡Pero me voy a quedar sin nada!

—Es un porcentaje mínimo.

—No, no, no. Si me quitan así sea un poquito no me va a alcanzar.

—¿Acaso no dijo, pues, que podía pagarle algo a sus acreedores?

—Sí, pero… es que no sé cuánto.

—¿Por qué más bien lo decidimos entre usted y yo?

A este punto el hombre había recuperado su lucidez. La perspectiva de ver su pensión recortada le devolvió los sentidos, pero aún se mostraba reacio a considerar la medida, así que opté por convencerlo de otro modo.

—Piense una cosa, Don Tomás. Esas personas que le están cobrando le han hecho un doble favor: primero, le han servido y le han fiado, y ahora lo impulsan a que maneje mejor su dinero, lo cual quiere decir que usted debe aprender a beber.

El insolvente borrachín se quedó pensativo, y entonces le solté una última razón, quizás igual o más convincente que la anterior.

—Demuestre que usted no va a repetir la historia de su padre. Me dice que él siempre pagaba, pero que tuvo malas amistades. Agradezca que aquí nadie se ha aprovechado de usted. Más bien, usted se ha aprovechado de la generosidad de la gente. Así que pague, así sea de a poquitos, y aprenda a manejar mejor su dinero. Le aseguro que va a beber menos y se va a sentir mejor.

Él me miró preso del pánico y luego agachó la mirada.

—Es que no sé cómo dejarlo.

—Lo importante es que el trago no lo controle. Usted ha salido adelante de cosas más difíciles. Fuerza y determinación no le faltan.

Don Tomás alzó la cabeza y suspiró.

—Está bien. Lo que usted diga, doctor —dijo resignado.

—Lo ideal es que no lo vea como una imposición.

—Eso suena bien —no pareció muy convencido.

—Mírelo como una inversión en usted mismo. ¿Estamos de acuerdo?

—Sí, doctor —expresó apesadumbrado.

—Hagamos una cosa: solo le voy a dar un día de cárcel. Mañana regresa para ver lo de su pensión y decidimos cuánto va a disponer para el fondo de sus deudas.

—Está bien —aceptó pesaroso.

—¿No se ha dado cuenta que usted se puede liberar de dos cárceles a la vez? ¿De la mía y de la bebida? —le di una palmada en el hombro para que se espabilara.

Don Tomás asintió y se levantó de la silla extendiéndome su mano. Yo le ofrecí la mía para felicitarlo y me la estrechó con fuerza. Sentí aquel apretón como una mezcla de agradecimiento y demostración de que aún se sentía vivo y eso me reconfortó. Confiaba en su redención y esperaba tener el tiempo suficiente para atestiguarlo.

—¡Segura! —llamé al policía—. ¡Un día de sombra nada más! Mañana me lo trae.

—Sí, señor juez.

Los dos salieron y me fui al cuarto auxiliar a prepararme un café. Había perdido tiempo con estos dos parroquianos y necesitaba ponerme a revisar el testamento, pero apenas salí con la taza en la mano entró una pareja de campesinos. Venían a registrar a su recién nacido.

—Buenos días, doctor —saludó el esposo.

—Buenos. A ver, a ver, ¿qué me trajeron?

—A nuestro hijo, doctor. Queremos que lo anote en su libro —dijo el hombre.

—Con mucho gusto.

Abrí un folio y procedí a iniciar el registro.

—¿Tienen sus documentos?

—Sí señor, aquí están.

—Muy bien, ustedes son: Don Patrocinio Paniagua y Doña Milagros Iglesias. ¿Tienen el certificado de nacimiento del hospital o el parte médico del alumbramiento?

—No, señor. No tenemos eso —contestó el esposo.

—¿Dónde nació la criatura?

—En la casa, señor —dijo él.

—¿En su casa?

—Así es.

—¿Tiene testigos?

—La comadre Dolores —se anticipó la señora.

—Ella fue la que ayudó a mi mujer —afirmó él.

—¿Dónde queda su casa?

—Está arriba de La María antes de llegar a Montecristo —contestó el padre.

—¿Qué es? ¿Una vereda? ¿Tiene un nombre?

—Sí, se llama La Pesebrera.

—Tenemos, pues, que su hijo nació en La Pesebrera, corregimiento de La María. Muy bien. ¿Me pueden decir cuándo nació el niño?

—Hace como diez días —dijo él.

—¿Qué día exactamente?

—El domingo —aseguró ella—. Estuve toda la mañana pujando y no pude ir a misa.

—¿Saben la hora?

—¿Qué horas eran Patrocinio? —preguntó ella.

—Pues yo creo que fue entre las once y la una a más tardar.

—La comadre debe saber. Le podemos preguntar —se ofreció la señora.

—No hace falta. Digamos que fue al mediodía —resolví—. Hagamos las cuentas —me fijé en un calendario—: hoy estamos a martes, o sea que hace dos domingos fue 11 de diciembre, ¿correcto?

—Sí, doctor —dijo él—. No habíamos podido venir porque recién mi señora se recuperó.

—Su esposa ha podido quedarse en casa, Don Patrocinio.

—Está lejos para venir hasta acá y no queríamos perder el viaje si uno de los dos faltaba —explicó el hombre.

Eran personas humildes y no estaban al tanto de los procedimientos. Antes fue oportuno que se aparecieran con su hijo, pues he conocido casos de niños que han sido registrados con dos y hasta cinco años después de nacidos.

—No hay problema. Ahora bien, ¿qué nombre le van a poner al niño?

—Queremos que se llame Custodio.

He aquí otro nombre de ángel, pero con el perdón del Cielo tuve que sugerirles que escogieran otro. Eso de llamarse Custodio Paniagua daría pie a tomaduras de pelo.

Ellos lo pensaron y se atrevieron a darme otro.

—También nos gusta Modesto y Primitivo —manifestó el padre.

–¿No cree Don Patrocinio que su apellido es ya de por sí, como le dijera, muy austero? Dígame: ¿Qué puede ser más sencillo y elemental que el pan y el agua? ¿Verdad? ¿Entonces cómo va a ponerle a su hijo un nombre con esas mismas características? Piensen en algo más grande, con más carácter. ¿No les gustaría tener un hijo que salga adelante, que sea un triunfador?

–Sí, claro que nos gustaría –se emocionó la señora–. ¿Qué le parece Pastor o Régulo?

–Bueno, ambos son nombres de dirigentes. El uno puede guiar un rebaño y también almas, y el otro puede gobernar. Aun así, me parece que no combinan del todo bien. Es muy importante escoger cómo vamos a llamar a nuestros hijos porque ellos van a quedarse así toda la vida, a menos que decidan cambiarse el nombre –busqué convencerlos.

–¿Qué sugiere, doctor? –pidió el esposo.

–No quiero incidir en sus gustos y creencias, pero si quieren mi consejo, pónganle a su niño un nombre que tenga un solo significado, que no se parezca a palabras comunes o cause interpretaciones, y, sobre todo, que no dé pie a burlas ni acoso en la escuela.

–Tiene razón. No queremos eso –aseguró el padre.

–Bueno, mientras ustedes piensan yo voy a seguir llenando el folio del registro.

Ellos se pusieron a deliberar y una vez terminé les pregunté por el veredicto. Los esposos seguían dándole vueltas al asunto, pero no se atrevían a darme una respuesta. Me sentí mal. Los había cohibido y me miraban llenos de dudas.

—¿No se les ocurre ninguno?

—¿Y a usted quién le puso ese nombre tan raro, doctor? —preguntó entre risas Doña Milagros.

—¿Ve lo que le digo? —respondí—. Harel significa "montaña de Dios", pero no es muy común. Además, se contradice con mi apellido.

—Es muy gracioso —se rio la señora.

—No sabe todo lo que tuve que soportar en la escuela.

—A mí me gusta —manifestó el esposo.

—Gracias, Don Patrocinio. Con tal de que no estén pensando llamar a su hijo así…

—Suena bueno, pero es raro —dijo él.

—Usted que sabe tanto, doctor: ¿por qué no escoge el nombre de nuestro hijo? —solicitó la señora con la esperanza dibujada en su rostro.

—Me ponen en una posición delicada —dije—. Si quieren les puedo dar una lista y allí pueden ver varios.

—Queremos que usted nos ayude —el padre se sumó a la petición.

Los dos se quedaron aguardando como si yo fuera a entregarles un premio. *«¿Qué nombre podía combinar con Paniagua?»*, me pregunté. En el Diccionario de la Real Academia figura el término "paniaguado" y se refiere al sirviente a quien se le da comida, salario y alojamiento. Por tal motivo, es usado de modo despectivo. Pese a ello, he conocido a varios Paniagua que han brillado por sus talentos y que, además, han tenido sirvientes, de modo que más allá de su connotación, este apellido es tan explícito que no admite otras derivaciones. Es lo que pasa con los Puerta, los Pulido, los Rosales, los Campos, etc. Muchos de estos apellidos cuentan con orígenes y heráldicas concordantes con su significado, aunque a menudo las razones pueden ser tan escuetas como ambiguas. Sin embargo, cualquiera que escuche esos patronímicos u otros como Ríos, Cienfuegos, Toro, Victoria, Montaña, Paz, o incluso el mío, Llano, se hace una idea inmediata de lo que significan.

Debía, pues, encontrar un nombre que combinara bien con Paniagua, evitando todo tipo de conexión fonológica y semántica que diera lugar a bromas o comentarios despectivos. Tenía que ser alegre, que inspirara emoción, que tuviera personalidad y sonara familiar para todo el mundo. Yo seguía dándole vueltas a todos los ciudadanos que habían desfilado por mis registros; traté de recordar a los amigos de la escuela y de la universidad, jugué a masculinizar algunos nombres femeninos y consideré algunos unisex como Ariel, Andrea, Odalis; así mismo, pensé en los Manuel del Socorro y en los José María, pero ninguno me convenció. Al bebé tampoco. Cada vez que me disponía a mencionar alguno, el niño chillaba. A todas estas, los padres comenzaban a mostrar su impaciencia.

—Apúrese doctor que tenemos que bautizarlo y regresar a la casa —rogó la madre.

La situación se complicaba. Cada vez eran menos mis amagos de pronunciamiento y el crío demostraba abiertamente su disgusto. Con suma reticencia busqué en el santoral católico para ver si algún beato me echaba una mano, pero ni Dámaso, ni Eutiquio, tampoco Bársabas, y menos aún Victórico, Fusciano, Trasón, Ponciano, Pretextato y Genciano pudieron ayudarme.

Los chillidos se habían alargado y ahora eran un continuo llanto. De pronto, me llegó la luz, y en ese momento el bebé enmudeció. ¿¡Cómo no se me había ocurrido antes!? Esto me dio confianza para anunciarles mi hallazgo:

—¡Lo tengo! Don Patrocinio, Doña Milagros: ¡Ya sé cuál es!

—¡Díganos! —me pidieron en coro ya desesperados.

—¡Domingo! ¡Su hijo se llama Domingo!

—¿Domingo? —repitieron ellos.

—Sí, ¿acaso no nació ese día?

Ellos se miraron entre sí, luego al bebé que se había calmado y saltaron de la dicha.

—¡Qué bueno, doctor!

—¡Nos gusta! ¡Nos gusta!

—Es un nombre que viene del latín y significa "señor", de ahí que sea el día dedicado a Dios —les expliqué.

—Ah, por eso es —expresó ella—. A mí siempre me ha gustado ir a misa los domingos.

—¡Domingo Paniagua Iglesias! —exclamó orgulloso el padre.

—Ahoritica mismo vamos a bautizarlo —se alegró ella.

—Estoy seguro de que el cura va a estar muy contento —comenté.

Al escribir el nombre del bebé en el registro me causó una grata impresión. Tenía una buena musicalidad y un grado de reflexión que invitaba a la devoción y al ayuno. A lo mejor acababa despejarle el camino a un futuro pastor religioso. Deseé que, de ser llamado por Dios, fuera entonces un verdadero líder espiritual y no un fundador de iglesias. ¿Y si resultaba un vago?, me asaltó la duda. No en balde el domingo ha sido destinado al descanso y por eso muchos no trabajamos ese día. Pero bueno, hasta allá no llega mi competencia.

Terminé el acta de nacimiento y le entregué una copia a los padres. Ellos me agradecieron y se fueron haciéndole susurros al niño, llamándolo "Domingo, Dominguito", y al verlos tan dichosos sentí la satisfacción del deber cumplido. Era mediodía, y para mí fue una señal de que había acertado hasta con la hora del nacimiento.

Muchos les dan importancia a estos datos, pues consideran el nombre y la hora del alumbramiento como aspectos definitorios de la personalidad de un individuo. No se puede hacer nada con la hora de nacimiento, pero sí con el nombre. Por eso, cuando una persona renace en el seno de una comunidad o una religión se le otorga una nueva identidad. De la misma forma, cuando un poeta o artista adopta un apelativo, lo que para muchos podría ser un simple seudónimo, en realidad es un acto de rebeldía contra la marca familiar, social y cultural que busca definir al individuo mediante su nombre.

Para mí un nombre es, ante todo, una palabra, y como tal, aporta un significado a quien lo usa. Por eso no me gusta llamar a las personas por sus apodos o sobrenombres, a menos que sean inofensivos como Pacho, Fercho, Pepe, Tita, Chila o Male. Y en cuanto al mapa astral, creo que sus confines son tan extensos como sus influencias, de modo que no podemos escapar de sus coordenadas.

Quedé, pues, tranquilo por haberle dado a Dominguito su existencia oficial lo más ajustada posible a las influencias astrológicas. Si el día de mañana no estaba contento con mi elección o se daba cuenta de sus implicaciones, era cuestión de que se buscara otro nombre.

Este es el tipo de servicio que me satisface. Despachar a la gente y que se vaya contenta, mejor aún, sin motivos para regresar. Si todo fuera registrar recién nacidos o firmar actas de boda, la tendría fácil. Tengo muy claro que mi papel es conciliar, dirimir y escriturar para que la ley de los hombres sirva de freno a la barbarie que constantemente nos acecha. No siempre tengo éxito, pero al menos sé que, en muchos casos, soy el último freno antes de la anarquía. El otro muro es el cura.

Los tres casos me habían ocupado toda la mañana y no había podido revisar el testamento. No tenía cabeza para eso, y menos con el estómago vacío, de modo que salí a almorzar esperando a que el calor evaporara las nubes de mi entendimiento. Fui a un mesón cerca de la plaza y la comida me reconfortó. La modorra no tardó en hacer de las suyas y sentí el deseo de tumbarme a hacer una siesta. Me recosté en la silla y cerré los ojos mientras esperaba la cuenta, pero en medio del letargo un presagio me asaltó:

—¡Mierda! ¡La directora! —dije y me levanté como un resorte—. ¡Vengo más tarde a pagarle la cuenta! —le prometí al mesero.

Atravesé la plaza con paso ligero y a la distancia vi que alguien esperaba en la puerta de mi oficina. Al acercarme supe que era la señora del orfanato. Se veía como una cincuentona recatada y bien conservada.

—Buenas, ¿me está buscando? Soy el juez Harel Llano.

—Sí, quisiera hablar con usted —respondió.

—Con mucho gusto. Adelante, por favor.

La invité a sentarse y enseguida se presentó.

—Me llamo Esperanza Lazo y soy la directora del Hogar Querubines que atiende a infantes y niños en adopción.

—Como no, el señor Ventura me comentó al respecto.

—Él me recomendó que hablara con usted.

—Desde luego, estoy para servirle.

—No sé por dónde comenzar.

—Por donde usted quiera.

La mujer apretaba el bolso contra su pecho y se mordía los labios. Me examinaba y no se sentía cómoda, entonces quise ahorrarle la incertidumbre y fui directo al grano.

—¿Señorita o señora Lazo? ¿Cómo prefiere que la llame?

—Esperanza está bien.

—Muy bien, Esperanza. Tengo entendido que Don Inocencio Cabal le dio unas instrucciones antes de morir.

—Así es —la afirmación denotó más tristeza que asentimiento.

—¿Y cuáles fueron esas instrucciones?

Ella apretó aún más su bolso y una gran ansiedad se dibujó en su rostro.

—Él me envió una carta y me advirtió que solo podía abrirla después de que él muriera —al decirlo se le escapó una lágrima—. Perdone —se excusó.

—No tiene por qué disculparse. Cuénteme, ¿trajo usted esa carta?

—Sí —ella suspiró, metió la mano en su bolso, cerró los ojos y se quedó quieta por un momento, como si hiciera una oración, luego sacó un sobre y me lo entregó–. Esta es.

Lo recibí. Estaba dirigido a ella y tenía la dirección del hogar de infantes. Lo coloqué en mi escritorio y le pregunté:

–¿Cuándo le envió esta carta Don Inocencio?

–Hace poco menos de un mes.

El sello postal lo corroboraba.

–¿Sabe por qué se la envió?

–No. Solo me pidió que no la abriera y que, llegado el momento, me buscara un abogado.

–¿Es la única carta que le dejó?

–Él me dio otras, pero son personales –dijo algo ruborizada.

–Entiendo. Permítame un momento.

Hice una llamada a la estación de policía y pedí que viniera un agente. Mientras tanto, quise averiguar sobre la relación entre ella y el difunto.

–¿Hace cuánto que conocía a Don Inocencio?

–Como unos ocho años.

–¿Cómo lo conoció?

–Cuando vine a trabajar al orfanato.

–¿Se conocieron allí?

–Sí, él solía venir a dar ayuda.

–¿Qué clase de ayuda?

–Dinero, más que todo, pero a menudo se aparecía con regalos para los niños. Les traía ropa, juguetes, medicinas. Era un buen hombre –volvió a secarse una lágrima–. Perdóneme, es que me da mucha tristeza.

—No se preocupe. A todos nos ha afectado, a unos más que otros —traté de sonar comprensivo, pero debía conocer más detalles—. Imagino que ha sido una gran pérdida para el centro.

—Él era nuestro principal benefactor. Todos lo queríamos mucho —dijo en un tono más revelador.

Ella palideció un poco y abrió los ojos como si hubiera cometido una indelicadeza, ante lo cual quise ir más a fondo.

—¿Esa era la única relación que él tenía con el centro? —hice énfasis para ver cuál era su reacción.

—Éramos buenos amigos.

—¿Qué tan buenos amigos eran? —la miré de lleno y ella agachó la vista.

—Nos conocimos de forma más cercana hace unos tres años —trató de sonar congruente.

—Se lo pregunto porque al parecer Don Inocencio no tenía amistades cercanas, pero sí mucha gente que lo quería. Para mí es importante saber quiénes lo conocían y quienes lo querían solo por interés.

—¿Qué está queriendo decir? —replicó ella.

—Que vamos a ver lo que dice esta carta, pero antes… —hice una señal para que entrara el policía que había hecho llamar— ¡Adelante, Segura!

La mujer vio al agente y se puso muy nerviosa.

—¡Yo no sé lo que hay en esa carta! —alegó ofuscada—. Yo solo la traje porque así me lo pidió Inocencio.

—Tranquila, no se preocupe. Es solo un procedimiento de rigor.

—Le juro que no sé por qué me la envió —continuó a defenderse.

—Nadie está asumiendo cosas —aclaré—. ¡Segura, hágame el favor! Venga para acá. Necesito que me sirva de testigo.

—Como no, doctor —respondió el agente.

—¿Ve usted este sobre? Bien pueda, tómelo —se lo entregué—. ¿Puede verificar que está completamente sellado?

—Sí, está sellado —afirmó el policía.

—¿Ve alguna señal de manipulación?

—No, ninguna.

—¿Puede decirme qué fecha aparece en el timbre postal?

—Es del 22 de noviembre de este año.

—¿A quién está dirigido?

—Dice: Señorita Esperanza Lazo. Directora Hogar Querubines. Kilómetro 18. Vía Intermunicipal. Municipio La Concepción.

—¿Quién es el remitente?

—Inocencio Cabal. Finca El Porvenir....

—Es suficiente —pedí que me entregara el sobre de nuevo—. Queda establecido que, según lo que usted ha visto, Segura, ¿el señor Cabal envió esta carta a la señorita Lazo?

—Así es, señor juez —respondió el agente.

—Gracias, Segura. Puede retirarse.

—Oiga, doctor —se detuvo antes de salir—. ¿Qué fue lo que le dijo al borrachito? Anda diciendo que mañana mismo le empieza a pagar a todo el mundo y que esta vez sí es de verdad.

—Me alegra escuchar eso. Mañana lo veremos. Gracias por su colaboración —lo despaché.

El policía se fue y la mujer respiró aliviada.

—Pensé que no me creía —me recriminó un tanto ofendida.

—Yo solo hago preguntas, señorita Esperanza. Veamos qué contiene el sobre.

Tomé un abrecartas y con cuidado extraje un papel. Estaba escrito a mano en ambos lados y en cada uno había una firma junto a una fecha igual a la del sobre. El documento indicaba que el autor gozaba de perfectas condiciones mentales y que, por iniciativa propia, sin coacción alguna, dejaba constancia de su último deseo. Era, pues, la voluntad sobre una herencia, expresada mediante una lista de cosas que el testador quería dejarle a cada beneficiario. Comencé a leer mientras la mujer me miraba con ansiedad.

—¿Qué dice? —preguntó preocupada.

—Es un testamento y, según veo, Don Inocencio le ha dejado buena parte de su fortuna a usted y al orfanato.

—¿Cómo? ¡No puede ser!

—Discúlpeme, debo terminar de leerlo.

La mujer se movía inquieta, se empinaba para ver, pero volvía a revolverse en su silla hasta que se echó a llorar. Yo la miré por encima del papel y vi que tomaba un pañuelo de la cartera para ahogar sus gemidos.

Cuando terminé de leer ella me miró decidida a escuchar lo que tenía que decirle:

—Ante todo, este es un documento que no está autenticado. Por lo tanto, hay que hacer un peritaje caligráfico para ver si lo escribió él.

Ella le dio un rápido vistazo al papel y concluyó:

—Es de Inocencio. Esa es su letra —aseguró.

—Aun así, como no fue notariado, puede ser impugnado. Pero antes de entrar en ese tema, quisiera preguntarle algunas cosas.

Ella asintió y apretó con fuerza el pañuelo.

—Por lo que aquí aparece, Don Inocencio ha dejado instrucciones para que una buena parte de su dinero, al igual que algunas propiedades, pasen a nombre suyo y del orfanato.

—Pero ¿cómo pudo hacer eso? —dijo ella conmovida.

—El orfanato puede recibir donaciones como entidad sin ánimo de lucro, pero en cuanto a usted, ¿sabe por qué Don Inocencio la incluyó en lo que parece ser su última voluntad?

La mujer respiró para darse fuerza y empezó a relatar algunos pormenores de su relación con Don Inocencio. De entrada, me confirmó que ella y el finado mantuvieron un amor en secreto.

—Inocencio nunca estuvo casado con la señora Clara —dijo—, pero aun así teníamos que ser muy discretos.

—De hecho, no existe un registro de que Inocencio y Clara estuvieran casados —confirmé.

—Ellos vivían juntos y no estaba bien que él y yo... usted me entiende.

—Ya veo. ¿Y sabe qué lo llevó a vivir con Clara?

—Él aceptó su compañía, tal vez por ser ella una mujer totalmente distinta a su primera esposa, pero creo que no funcionaban como pareja.

—Sin embargo, tuvieron una hija...

—Inocencio dio en adopción a su hijo. No iba a abandonar a otra criatura –enfatizó.

—Comprendo. ¿Y nunca le dijo que algún día quería separarse de Clara y casarse con usted?

—Es un poco complicado. Él tenía un conflicto muy grande porque luego de enviudar se prometió a sí mismo no volver a casarse. Las circunstancias en las que murió su esposa fueron muy dolorosas y toda la vida él sintió culpa por eso.

—El señor Ventura me contó algo de eso.

—¿Él le contó? Bueno, ya se puede imaginar. Para Inocencio fue muy difícil volver a querer a otra mujer.

—Pero tal parece que con usted hizo una excepción.

—Conmigo fue diferente –afirmó sin vacilar.

—Cuénteme entonces, ¿cómo fue que ustedes tuvieron esa relación?

—Lo que pasó con Inocencio fue totalmente casual –aclaró–. Ninguno de los dos pensamos que nos íbamos a querer de esa manera. Mucho antes de que yo llegara como directora, él ayudaba al centro y desde un inicio me pareció que era una persona muy empeñada en colaborar. Para mí todo era nuevo, el trabajo, el lugar, la gente, pero en él sentí a alguien familiar. De tanto cruzarnos por las actividades del centro comenzamos a hablar un poco de los dos. Yo le conté de mi familia, de donde venía y lo que me gustaba, y él me hablaba de su finca, del ganado y de cosas así hasta que fuimos haciendo una buena amistad. Así estuvimos varios años y nunca pasó nada entre los dos, pero a mí me parecía que, aparte de sus contribuciones, algo más lo movía a estar cerca del orfanato. A menudo, él les pedía permiso a las enfermeras para cargar a un recién nacido y a todas nosotras nos parecía muy tierno y normal verlo en esas. Sin embargo, a menudo se retiraba un poco para estar a solas con algún bebé y en muchas ocasiones lo vi llorar. Un día tuve el valor de preguntarle el por qué y no me quiso decir, y a partir de entonces lo noté distante. Él siguió viniendo al orfanato, pero rehuía a nuestra conversación. Se despedía rápidamente hasta que, de nuevo, un día tuve que llamarlo y preguntarle si había dicho algo indebido; le dije que extrañaba nuestras charlas y que podía confiar en mí si quería contarme lo que le sucedía. No lo hizo de inmediato, sino meses después. Ahí fue cuando supe lo de su hijo Gabriel, de cómo había enviudado y de lo que le tocó hacer. Él nunca se olvidó de su hijo y por eso buscó la forma de vivir cerca al orfanato.

—Pensé que la razón por la cual había venido a El Matoyal fue por el trabajo que ofrecían las compañías madereras.

—¿Cómo se le ocurre? —reaccionó—. Inocencio amaba la naturaleza y a él siempre le pareció un crimen lo que hicieron con esos bosques. Él se fue a vivir a las montañas para estar cerca del orfanato, por ser el último sitio donde estuvo su hijo.

—¿Cómo fue eso?

—Él me dijo que dejó su tierra porque de la pena ya ni podía trabajar. Prefirió refugiarse por estos lados, y como no tenía casa, se fue a vivir al bosque.

—¿Y de qué vivía?

—Igual como los animales salvajes.

—¿Eso fue hace como treinta años?

—Así es. Imagínese lo que debió haber sido para él, solo, viviendo en el monte. Se impuso ese retiro porque no podía seguir adelante con su vida. Me decía que en la montaña se sintió huérfano y que, a pesar de haber nacido pobre, aprendió a darle mayor valor a las cosas básicas como el agua, el sol y un techo. Lo único que necesitaba era procurarse el alimento por sus propios medios. No me puedo imaginar cómo pudo ser eso. El hecho es que a medida que las sierras acababan con el bosque y lo empujaban a salir de su aislamiento, finalmente se dio cuenta de que no podía seguir viviendo como un ermitaño, agobiado por un recuerdo, y pensó en los verdaderos huérfanos, aquellos que no tenían cómo salir adelante por falta de apoyo. Así que, de la misma manera como el orfanato había cuidado a su niño, él se propuso cuidar a otros infantes y darles lo necesario antes de que encontraran un nuevo hogar.

Cuando bajó del monte, lo hizo con la intención de ser rico para ayudar tanto a los pequeños como a otras personas.

—Es enternecedora la historia que usted me cuenta —dije.

—Inocencio tenía un gran corazón —sus sollozos interrumpieron la conversación.

—Tómese su tiempo.

Ella se secó las lágrimas y tomó largos respiros hasta recobrar la compostura.

—Me consta que él era un hombre muy generoso —proseguí—, pero no me ha dicho cómo fue que pasaron a un plano sentimental.

—La confesión que él me hizo permitió que se abriera más —explicó—. Descubrí el alma de un hombre dolido por una circunstancia de la cual se sentía culpable, pero también pude ver que el amor que lo motivaba era mucho más grande que su dolor. Eso me enamoró y yo creo que él, al desahogarse conmigo, al ver que lo comprendía, empezó a enamorarse de mí también.

—La culpa y el amor son los sentimientos que más perduran —señalé.

—Es más fácil borrar el primero —su pena y convicción fueron inobjetables.

—Esperanza, yo sé que para usted es difícil todo esto, pero me gustaría saber si Don Inocencio le dijo alguna vez o le insinuó que quería dejar sus bienes a usted y al orfanato.

—Para mí es una sorpresa.

—¿Y cómo explica que Don Inocencio haya querido repartir sus bienes entre usted, su hija Libertad y Clara?

—¿Solo nosotras? —exclamó sorprendida.

—A sus trabajadores les dejó la finca y hay otras personas que aparecen con menor cantidad de bienes, pero ustedes son las principales. ¿Sabe por qué quiso dejar un testamento?

—No sé —se llevó las manos a la frente—. A él le importaban las personas que conocía y seguramente quiso cerciorarse de incluirlas a todas.

—Perdone la indiscreción, ¿pero le habló de cómo iban las cosas con Clara?

—Hablaba tan poco de ella que a menudo daba la impresión de que vivía solo.

—¿Nunca mencionó un disgusto o una pelea entre ellos?

—Todas las parejas tienen problemas.

—¿Me refiero a que si hubo algo que causara fricción o violencia entre ellos?

—Inocencio no era un hombre violento. Como le digo, él nunca quiso casarse de nuevo. Tal vez eso le molestaba a ella.

—¿Y cómo fue que la señora Clara pudo aceptar tener una hija y no estar casada?

Esperanza se abstuvo de responder enseguida.

—Hay cosas que los adultos hacen por los hijos con tal de brindarles protección —manifestó y me pareció que con la frase excusaba a la madre.

—Pero si él, según me dice, la amaba a usted y aparentemente no estaba contento con su pareja, ¿por qué no se separó de ella? Al fin y al cabo, la hija es una mujer adulta.

—Para él era difícil romper la promesa que se hizo cuando quedó viudo —Esperanza agachó la cabeza y luego me miró—. Le voy a decir algo y espero por favor que lo mantenga en reserva.

—Desde luego.

—Él me dijo que, si alguna vez rompía su promesa, lo haría por mí —sonrió con tristeza—. Yo no necesitaba pruebas de su amor, pero oír eso fue algo maravilloso. Sé que él no quiso dejar a Clara por la hija, pero con ella ya grande y fuera de la casa, creo que lo estaba considerando. Eso me dio a entender. Le pido que nunca vaya a mencionarle esto a la señora.

—¿Clara sabía lo que pasaba entre ustedes dos?

—No, que yo sepa. Inocencio y yo siempre fuimos muy discretos.

—Entiendo y despreocúpese. Aprecio su confianza. Quisiera saber otra cosa: ¿sabía ella de las actividades de Inocencio con el orfanato?

—No sé. Aparte de lo que ocurría entre él y yo, yo creo que Inocencio no quería que ella se enterara de lo que hacía para el centro.

—¿Usted cree que Clara no estaba de acuerdo con esas donaciones?

—Tal vez. Él sí me dijo una vez que ella no lo entendería, por eso prefería venir solo.

—¿Cómo entregaba la ayuda?

—Casi siempre daba dinero en efectivo o se aparecía con su camioneta llena de regalos, con mercado o bultos de comida.

—O sea que los únicos que sabían de las donaciones eran los empleados del centro —expresé a modo de deducción.

—Tenga presente que él era un hombre modesto y no le gustaba mostrar lo que hacía ni que lo agasajaran o destacaran su labor.

—Sin duda —asentí y coloqué el papel dentro del sobre—. Ahora Esperanza, necesito verificar que este testamento fue escrito por él y para eso le voy a pedir que me traiga algunas de las cartas que él le dio. Sé que son personales, pero le prometo que su contenido no será revelado. Es solo para hacer un cotejo de caligrafía. ¿Lo puede hacer?

La angustia se reflejó en su rostro.

—La verdad no quisiera —me miró con pudor.

—La entiendo y le repito que el contenido no será divulgado, pero debo ser franco con usted: si este testamento resulta válido, muchas cosas saldrán a la luz como, por ejemplo, que usted es una de las beneficiarias y allí tendremos dos situaciones.

—¿Cuáles son? —preguntó preocupada.

—Primero, que usted aparece como una persona ajena a la familia y, por otro lado, tenemos que Inocencio le deja instrucciones a usted para que vele por su hijo. Hablamos de Gabriel Fecundo Ventura. Ese señor no puede recibir nada por razones legales, pero usted sí podría disponer de lo que quisiera para dárselo. No importa que el señor Ventura diga que no busca ningún interés económico, el hecho es que ese supuesto hijo biológico y las razones por las cuales Inocencio Cabal quiso dejarle buena parte de su fortuna a usted y al orfanato, serán expuestas y darán pie a la especulación. Usted lo entiende, ¿no es así?

—Ya le dije que no quiero ventilar mi vida privada. Recuerde que está esa señora y su hija. No es justo para ellas. No entiendo por qué Inocencio hizo todo esto.

—Quizás no le daba confianza ir a un notario y dar explicaciones, aunque tal vez nadie se las hubiera pedido.

—Él nunca quiso que lo nuestro se supiera.

—Explíqueme una cosa, Esperanza: si él consideraba casarse con usted, tarde o temprano la gente se iba a enterar, si es que no había personas que ya lo sabían. ¿Cuál era entonces la razón de mantener el secreto?

—Mientras él no tomara una decisión era mejor así. Inocencio fue un hombre considerado, y aunque no estuviera casado con Clara, prefería hacer las cosas con respeto.

–¿Y usted cree que el amorío entre ustedes no iba a ofender a Clara?

Esperanza se sintió incómoda.

–La gente tiene derecho a rehacer su vida, ¿no? A ese punto ya no hubiera importado lo que otros pensaran –expresó con determinación.

–¿Sabe si él tenía miedo de morir?

–No. Inocencio era un hombre muy sano.

–¿Cree que se vio obligado a hacer ese testamento?

–¿Por qué?

–Un testamento escrito de esa manera, y el hecho de que se lo haya entregado a usted, plantea muchas dudas, eso es todo.

–Quizá yo era la persona que más le daba confianza. No entiendo por qué no me dijo nada.

–En todo caso, ahora no podemos hacer de cuenta de que no existe –concluí–. Si esta fue la última voluntad de Don Inocencio, estaríamos negándole al difunto no solo sus deseos, sino también despojando a muchas personas de los bienes que él quiso dejarles. ¿Es eso lo que quiere? Supongo que no, ¿verdad? Entonces lo mejor en este caso es darle curso a este proceso y para eso necesitaré verificar que, en efecto, este testamento fue escrito por él. Voy a pedirle que me entregue algunas de las cartas que él le escribió.

–¡Ay, Dios! –la inquietud la obligó a tomarse una larga pausa para reflexionar, y tras batallar con sus emociones, finalmente se atrevió a expresar–: Está bien. ¿Qué tengo que hacer?

—Entiendo su preocupación, pero le repito que no me interesa el contenido, sino comprobar la caligrafía. Dígame una cosa: ¿Don Inocencio fechaba sus cartas?

—A veces.

—Entonces tráigame aquellas que tengan fecha, las más viejas y las más recientes. Cualquier papel donde aparezca su letra será importante.

—Lo haré. ¿Cuándo las necesita?

—Para ayer es tarde.

—Tendré que ver si mañana tengo tiempo. Estamos recibiendo las donaciones y preparando la Navidad para los niños.

—Cuanto antes mejor —insistí.

—Bueno, si no, es más, debo regresar al orfanato. Estamos muy cortos de personal.

—Bien pueda. Espero verla mañana entonces.

La directora no me dio la certeza de que volvería al otro día. Se levantó, me dio la mano débilmente y se retiró, pero antes de que saliera quise despejar un pálpito que me inquietaba:

—Otra cosa, Esperanza: ¿usted sabe si Don Inocencio tenía enemigos?

—¿Cómo iba a ser posible? Él era un hombre muy bueno.

—Nunca le habló de, qué se yo, ¿alguien que le cayera mal o gente que lo envidiara?

—Gente envidiosa siempre hay, pero él no tenía malos sentimientos. Con decirle que a él lo robaron un par de veces, una vez en la finca y otra en la carretera, y ni siquiera puso la denuncia. No era un hombre vengativo. Más bien le deseaba el bien a todo el mundo, incluso a los que le hacían daño. ¿Por qué me lo pregunta?

—Es para estar atento. Cuando muere alguien, salen sabandijas de los lugares menos pensados.

—¡Espero que no sea así con mi Inocencio y usted no lo va a permitir!

—Por supuesto.

—¡Yo tampoco! Si es así iré hasta las últimas consecuencias —exclamó disgustada.

Su intención sonó firme y no me cupo duda de que, antes de defender su propia honra, prefería preservar la del hombre que había amado.

—Así lo haremos —la alenté—. Que tenga un buen día y gracias por venir.

—A usted. Gracias por todo —ella sujetó su bolso y cerró la puerta a sus espaldas sin hacer ruido.

Me quedé tratando de dar cabida en mi mente a todos los escenarios que podían emerger de esa nueva situación. Desde luego que no dejaba de pensar en la señora Clara y en cómo ella tomaría la existencia del otro testamento. Me levanté y fui hasta el cuarto auxiliar, abrí la neverita y me dieron unas ganas enormes de beber una cerveza. Era muy temprano para relajarme y tenía mucho por hacer, así que me serví agua y enseguida contacté a varios gabinetes de expertos judiciales que hacían peritaje caligráfico.

Escogí el que me pareció más rápido y cercano, y dejé establecido que haría llegar las muestras.

Confiaba en la historia de la directora del orfanato. Las cartas que ella poseía aclararían no solo la autenticidad de ese testamento, sino la relación que existió entre ella y el difunto. En tanto, me tranquilizaba el hecho de que mi chantajista no podía exhibir pruebas físicas de mi ayuda ni comprobar que yo le había dado algún consejo. Debía evitar a toda costa entregarle anotaciones y mucho menos un documento con mi firma y sello. Eso sí constituiría un fraude.

De todas maneras, tenía las horas contadas. Al otro día se iba a presentar la falsificadora y no podía revelarle la existencia del otro testamento. Ante todo, necesitaba comprobar que aquel documento era auténtico. Sabía que, si me negaba a su patraña, mi pasado quedaría manchado, pero a este punto no me interesaba demostrar mi inocencia, al fin y al cabo, es difícil reparar los daños una vez las falsedades son difundidas; lo que no podía permitir era que los deseos de Don Inocencio fueran ignorados y que las personas a las que él quiso beneficiar desaparecieran de un plumazo.

Revisé el falso testamento y fue fácil identificar los cambios que la señora debía hacer. El formato que había utilizado se ceñía al lenguaje jurídico, pero los anexos escritos por ella saltaban a la vista. Era cuestión de sacarlos y dejar que, ante la ausencia de otros beneficiarios, ella y su hija aparecieran como las herederas forzosas, de modo que producir un nuevo documento no le tomaría mucho tiempo. Ella podía aparecerse horas más tarde o a lo sumo al día siguiente, y entonces me tocaría tomar una decisión.

Esa noche la pasé debatiendo si tenía sentido ganar ese poco de tiempo para tratar de posponer lo inevitable. Contar con el testamento de Inocencio sería una forma de persuadirla, pero no una garantía. Además, aún no contaba con el certificado de autenticidad. Pedí al poder celestial que me enviara una legión de ángeles para que me socorriera y me fui a la cama sin una señal de acuso de recibo.

Al día siguiente me levanté embargado por la incertidumbre y así llegué a mi despacho. Por lo general, se me ocurren ideas para sortear las situaciones, pero esta vez me preocupé, pues no hallaba una salida. Una cosa es enfrentar un problema con opciones y otra es verse obligado a encararlo sin recursos. En este caso, sentía que debía enfrentar una bestia sin capote ni espada ni escudo y, además, atado de pies. Deseé que algún contratiempo se le atravesara en el camino a la señora, pero para mi desgracia, ella no demoró en aparecer.

—Me alegra verlo, doctor. ¿Ya me tiene listas las correcciones? —de inmediato me preguntó.

Esperé hasta el último momento para ver si el Cielo se apiadaba de mí. Somos criaturas altamente capaces de sentirnos dueños de nuestras acciones, pero en realidad no sabemos obrar acorde con las leyes de lo Absoluto, simplemente porque lo desconocemos. Por ello, en muchas situaciones he tomado decisiones amparado por esa chispa de sabiduría que yo llamo misericordia. Cuando esa claridad se manifiesta, siento una paz en el espíritu, como una constatación de que he actuado correctamente. En otras, me he guiado por lo que me dicta el corazón y mis principios, sin embargo, como las emociones y razones de uno no siempre son justas para otros, no he quedado tan seguro de la ecuanimidad de mis acciones. En esta ocasión era evidente que Dios y sus ángeles no querían intervenir y que mi conciencia sería la jueza que dictaría mi sentencia.

Exhalé, tomé con calma un respiro y le comuniqué:

—No, señora Clara. No voy a autenticar su testamento. Le tocará conseguirse a otro que lo haga.

Abrí mi cajón y le entregué el documento. Ella me lo arrebató y trató de sonar calmada, aunque la furia parecía querer salírsele por los ojos.

—Me imaginé. Usted no tiene pantalones. Es un pobre tipo que se cree con poder moral porque puede dictar leyes. Pues esas mismas leyes que usted tanto respeta lo van a condenar —profirió en tono amenazante.

—Yo confío en el sistema judicial, señora.

—No me haga reír. En este país todos tienen un precio.

—Si usted quiere proceder con su acusación bien pueda. Aquí cerca está la estación de policía.

—Usted no tiene idea de nada. Tal vez crea que soy una desalmada, que lo único que me importa es el dinero, pero no sabe por las que yo he pasado.

—Si supiera, pensaría lo contrario.

—No me interesa explicarle mi vida. Me ha costado mucho llegar hasta aquí y no voy a dejar que nadie se interponga en mi camino.

—Ya le dije, si quiere búsquese a otro. No le va a costar mucho convencerlo.

—¿Se burla de mí?

—Todo lo contrario. Me aterra su capacidad de persuasión.

—Esto le va a costar muy caro, doctorcito.

—Estoy dispuesto a enfrentar las consecuencias.

—Me encargaré de que le apliquen una pena bien fuerte para que aprenda a tomarme en serio.

—Podré salir perjudicado, pero estoy seguro de que usted no se saldrá con la suya.

—Vaya, ¿me resultó adivino?

—Esta vez se lo digo con convencimiento de causa. Todo lo que está oculto tarde o temprano sale a la luz —la miré con firmeza y noté que, a pesar de sostenerme la mirada, un halo de preocupación se dibujó en su rostro.

—Lo único que sé es que puede irse despidiendo de su puesto. ¡Qué pena! —fingió—. Y yo que pensaba que íbamos a cenar esta noche.

—La comida de la cárcel no es tan mala.

—¿Ah sí? Lo veré en el juicio entonces.

—Debería saber que las cortes son mi terreno favorito y que los roles se podrían invertir.

Ella resopló y salió del despacho disgustada, justo en el momento en que llegaba mi secretario, por lo que casi chocan entre sí.

—Y usted, prepárese que le va a tocar testificar —le advirtió.

Vivas siguió hasta mi despacho sorprendido, pero sin ocultar un gesto de malicia.

—Buenos días, doctor. ¿Qué hizo esta vez? No me diga que la volvió a embarrar.

—Por favor, Vivas. No estoy para eso.

—Es que cada vez que los veo juntos escucho lo peor.

—Pues ahora sí que la cosa está mal.

—Apuesto a que no siguió mis consejos, a que no la llamó ni la invitó a salir, ¿no es así?

—¿Usted de verdad cree que eso era lo que ella quería? —mi gravedad no admitía bromas.

—Bueno, la cara que llevaba esa señora era de pocos amigos. Esta vez sí la vi muy contrariada.

—Oiga bien, Vivas: lo necesito al pie del cañón. Se nos viene un día jodido.

—Ah, caramba. ¿Así está de mal la situación?

—La señora va a ponerme una denuncia por violación y antes de que vengan a detenerme voy a encomendarle una tarea muy importante.

—Claro, doctor. Para lo que sea, cuente conmigo.

De inmediato hice una llamada al orfanato, hablé con la directora y le expliqué que prefería enviar a mi secretario a recoger las cartas que ella tenía. No le di más explicaciones. Metí en un sobre el documento que ella había traído, lo sellé, se lo entregué a mi asistente y le expliqué lo que tenía que hacer.

—Primero, usted va a ir al orfanato Querubines, ¿sabe dónde está?

—¿Es el que queda en La Concepción?

—Ese mismo. Pregunte por su directora. Se llama Esperanza Lazo. Ella le va a dar unas cartas. Segundo, quiero que enseguida lleve este sobre junto con lo que ella le dé a esta dirección. Es para un peritaje caligráfico. Pida que se lo hagan lo más rápido posible.

—¿Y tengo que ir hasta la capital a que hagan el peritaje?

—Sí, necesito que vaya hoy mismo.

—Uy, doctor, es que tengo un problema.

—¿Cuál es?

—Se me dañó la moto.

—Le presto mi auto, pero tiene que salir ya.

—¿Pero por qué es tan importante? ¿No debería más bien estar preocupado por su defensa?

—Precisamente, porque no sé cuánto tiempo me tomará todo este lío, necesito darle curso a los asuntos que tengo pendientes y este es urgente —lo apresuré para no darle más detalles.

—Está bien. Lo haré.

—Aquí están las llaves del auto. Si cuando regrese no me encuentra, le pido que se encargue de todo.

—¿Y es que se va a escapar, doctor? —me miró con sospecha.

—Lo más seguro es que esta noche duerma en la cárcel.

—Uy, ¿cómo así? No se preocupe, quédese tranquilo que yo le traeré noticias —se echó las llaves al bolsillo—. Oiga doctor, visto que voy a un bufé de abogados, ¿no quiere que le consiga un buen defensor?

—Después vemos eso.

—Pero ¿cómo va a dejar que lo metan a la cárcel?

—No se preocupe. Ahora, vaya.

Me quedé solo y ni siquiera me preocupé por pensar en mi situación. Terminé de firmar algunos documentos y dejé varios expedientes listos. Habría pasado una hora cuando dos agentes de policía entraron a mi despacho.

—Doctor, necesitamos que venga con nosotros.

—Segura y Portillo, me alegra verlos —los saludé.

—No tenemos una orden de arresto porque usted es el único que las expide —explicó Segura—, pero hay una seria denuncia en su contra y tenemos que llevarlo a la estación a que responda algunas preguntas.

—Desde luego. ¿De qué se me acusa? —quise saber para estar preparado.

Segura dudó y le hizo una señal al otro para que hablara.

—Vea, doctor, yo solo repito lo que está en el informe —se excusó el uniformado.

—Diga no más, Portillo.

—Hay una señora que lo acusa de… —tragó grueso—: secuestro, acceso carnal violento, tentativa de homicidio, chantaje, tortura sicológica, robo y daños a la propiedad.

—¡Vaya, vaya! —no me sorprendí—. Bueno, entonces les voy a pedir un favor. Yo iré con ustedes, pero hagamos esto de la forma más natural posible, sin llamar la atención.

—Doctor, tenga en cuenta que debemos cumplir con nuestro trabajo —dijo Portillo.

—Tranquilos que no voy a salir corriendo.

Arreglé mi escritorio, cerré la oficina y me fui caminando con los dos agentes hasta la estación. Allí me enteré, en efecto, de que la señora había entregado un reporte detallado de todos mis delitos. Según ella, en el cementerio yo le pregunté si Don Inocencio había dejado un testamento y fue entonces cuando me ofrecí a acompañarla hasta su casa para explicarle lo que debía hacer a continuación, y que una vez adentro, me sobrepasé con ella y que, como ella opuso resistencia, me puse violento. Luego, dijo que la mantuve por varias horas retenida y fue entonces cuando la abusé. La "ultrajada" aseguró que si decía algo yo haría investigar la muerte de su esposo, demoraría la ejecución del testamento o la mandaría a hacer matar. Tal como había pensado, la demandante se atrevió a decir que yo estaba obsesionado con ella, pero fue más allá y declaró que yo la había amenazado con decir que fue al contrario; o sea, que ella se me había ofrecido, que me había seducido y que semejante comportamiento, viniendo de una "viuda fresca", como despectivamente la llamé, la iba a dejar muy mal parada.

En el informe ella indicó, además, que me puse a beber hasta la mañana siguiente y, aprovechando que me había quedado dormido, llamó a mi oficina a pedirle a mi secretario que viniera. Según la denuncia, ella optó por contarle a mi asistente para tener un testigo con la esperanza de que yo me olvidara de todo. La presencia de mi secretario funcionó mientras él estuvo en la casa, dijo ella, al punto que accedí a hablar con mi víctima para pedirle perdón y echarle tierra al asunto. La demandante argumentó que prefirió llegar a un acuerdo conmigo porque se sentía doblemente vulnerable, pues acababa de sufrir la pérdida de su esposo y, encima de todo, aquella detestable deshonra, de modo que no quería someterse a la humillación de un juicio. Sin embargo, aseveró que una vez mi secretario se marchó, cambié de parecer y le recordé que yo tenía muchas influencias y que a quien menos le convenía que todo esto se supiera era a ella. No solo se esmeró en dejarme como un abyecto abusador y extorsionador, sino como un ladrón. Para cerrar el cuento, la "agraviada" afirmó que dañé y quebré algunas cosas de la casa y que me llevé algunas de sus joyas.

—¿Le preguntaron por qué decidió recurrir a la policía solo hasta ahora? —quise saber qué tan preparada era la denuncia.

—Sí lo hicimos, doctor. Ella nos dijo que usted la citó dos veces en su oficina para llegar a un acuerdo, pero que no fue así, sino que usted tuvo el descaro de hacerle propuestas indecentes para no revelar la clase de viuda que ella era —explicó Portillo.

—Lo del "descaro" lo dijo ella —aclaró Segura.

—Me imagino —comenté—. ¿O sea que, luego de haber sido supuestamente secuestrada, violada, amenazada y robada, la presunta víctima vino al despacho del hipotético violador y ladrón, para llegar a un acuerdo de confidencialidad, pero en lugar de esto el imputado le planteó "propuestas indecentes" para no seguirla chantajeando?

Los policías se miraron entre sí buscando entender la lógica del planteamiento hasta que Segura respondió:

—Es lo que ella declaró, doctor. La señora dijo que prefirió poner la denuncia antes de que la situación continuara y no le creyeran.

—Muy bien —les comuniqué a los agentes—. Para efectos de este proceso dejo constancia de que me declaro inocente. No tengo nada más que agregar hasta cuando hable con su comandante.

—Mi comandante, Cadena, llegará más tarde. Siento mucho tener que hacer esto, doctor, pero debemos ponerlo bajo custodia, al menos durante veinticuatro horas antes de dejarlo a disposición de otro juez —explicó Segura.

—No se preocupe. Conozco mis derechos.

—Yo espero que no lo trasladen a otro lado —me alentó el policía.

—Si ustedes me cuidan bien, me quedo —bromeé.

Entregué mis pertenencias, me levantaron una ficha temporal de investigación delictiva y luego me acompañaron al calabozo. Allí encontramos a Don Tomás, el borrachito.

—¿Ya vienen a cobrarme? —nos recibió sorprendido.

—Nada de eso. El señor juez viene a hacerle compañía —le informó Segura.

—¿Pero no me dijo que íbamos a arreglar lo de mis deudas en su oficina? —replicó el detenido.

—Sí, lo que pasa es que ahora no podemos —dije.

—¿Si ve? Se cansan de decirle a uno que enderece el camino, que lo van a ayudar, y cuando uno ya está listo, se echan para atrás.

—Yo le di mi palabra y la cumpliré de uno u otro modo —aseguré.

—¿Entonces a qué vino? ¿Me va a dejar más tiempo en la cárcel?

—No puedo explicárselo, pero una cosa le voy a pedir: mantenga su palabra que luego veremos la manera de pagar sus deudas.

—Yo ya tomé la decisión, doctor. Yo no quiero seguir así.

—Me alegra escucharlo. Hágame un favor, Segura, —me dirigí al policía—: ayer le di instrucciones para que hoy liberara a Don Tomás. Aparte de lo sucedido, espero que usted acate esa decisión.

—Claro, doctor. No faltaba más —el policía abrió la celda y le pidió al detenido que saliera—. Ya oyó lo que dijo el juez. Está libre.

Don Tomás se alegró, pero luego quedó estupefacto al ver que yo entraba en el recinto y me dejaban encerrado.

—¿Qué es lo que está pasando? —preguntó confundido—. ¿Se metió en algún problema por mi culpa, doctor? Mire que no tiene que hacer eso. Lo que digo es verdad. ¡Yo le voy a pagar a todos! ¡A usted también!

—¡Vamos! —lo apuró Segura para evitar dar explicaciones.

Yo no sé qué le habrá dicho el policía, pero en todo caso la noticia se iba a regar. Me preocupaba estar ahí metido sin hacer nada. Al menos había enviado a mi secretario a que se encargara del peritaje. Si el testamento resultaba auténtico eso me daría espacio para maniobrar. Sabía que no saldría incólume de aquel lío, pero quedaría satisfecho al saber que mi chantajista no se iba a quedar con todos los bienes de Don Inocencio.

Más tarde, apareció el comandante de la estación. El tipo no podía creer las acusaciones en mi contra, pero le aseguré que mi defensa era sólida, que estaba esperando unas pruebas y no podía darle detalles. Sin embargo, le recordé mis derechos.

—Confío en que mañana me va a dejar libre —recalqué.

—Tengo entendido que la señora solicitó una orden para mantenerlo preso —dijo el comandante.

—Cadena, usted sabe muy bien que para eso se necesitan pruebas, todavía no hay un fiscal asignado, la investigación no ha iniciado, no he sido interrogado, y para que me amplíen la detención necesito ser llevado ante un juez para una comparecencia preliminar. Nada de eso se ha cumplido.

—Lo sé, pero debe entender que la señora dice que teme alguna represalia y que deberíamos tenerlo alejado.

—¿Y me lo dice a mí? ¡Yo soy el primero que no quiere estar cerca de ella!

—Lo siento.

—Usted no puede detenerme bajo sospecha —protesté.

—Ella está moviendo influencias, doctor, y son cosas en las que uno simplemente cumple órdenes.

—¡Eso es prevaricato! —reclamé.

—Le recomiendo que llame a su abogado —se limitó a decir.

Le pedí que me trajera mi teléfono y llamé a varios colegas, pero no los encontré y tampoco quise dejarles mensaje. Conseguí hablar con otros que estaban de vacaciones por motivo de la Navidad y recibí la promesa de que podían atenderme la semana siguiente. Estaba en problemas. Iba a ser muy difícil encontrar juzgados y oficinas abiertas por esos días. Después de varios intentos frustrados, le entregué el teléfono a Cadena.

—No conseguí a nadie.

—A lo mejor le asignan uno de oficio hasta más rápido.

—Lo veo difícil. ¿Quién va a mandar a un abogado a este pueblo a pocos días de Navidad?

—Le tocó un mal momento, doctor.

El comandante se retiró y por primera vez sentí la soledad de la celda.

Siempre hay un punto en que el detenido o el recluso siente lo terrible del encierro. A menudo ocurre el primer día y no importa si está pagando por una simple ofensa o un crimen mayor. Durante mis oficios como abogado me tocó defender a hombres y mujeres que se mostraban fuertes e impenetrables, incluso muchos que se jactaban de sus actos, pero luego los vi indefensos y quebrantados, completamente aterrorizados, rogándome que los sacara de la cárcel. Me contaban cómo había sido la impresión de la primera noche y la cruda realidad a la que se enfrentaban. Yo no imaginaba para mí un panorama parecido, dado que apenas estaba detenido, pero la prisión no hace distinciones. Y es que, sea uno inocente o culpable, la reclusión es algo que va en contra de la naturaleza libre del ser humano. De ahí que muchos juristas y defensores de los Derechos Humanos estén en contra del encarcelamiento por juzgarlo inhumano, incoherente e inútil, en la medida que no regenera ni recupera al infractor para que sea una persona de bien. Aparte de que existen presos que demuestran no tener arreglo, hay que tener en cuenta que la rehabilitación dentro de un sistema penitenciario es un reto difícil por su misma incongruencia. Por tales motivos, algunos países optan por no tener cárceles o aplicar métodos correccionales, sino terapéuticos, de capacitación y desarrollo humano. Esta postura encuentra una ferviente oposición en las víctimas y sus familias por la sencilla razón de que el Estado debería proteger y promover a quienes han sufrido y no a quienes han cometido el daño.

Mientras divagaba y trataba de abstraerme de mi situación, el comandante apareció de nuevo para anunciarme que tenía una visita. La noticia produjo un efecto inesperado, no porque ignorase de quién se trataba, sino porque me sentí como un preso de verdad.

–¿Quién es? –pregunté.

–Un amigo suyo –dijo y enseguida hizo pasar al visitante para luego retirarse.

Era el ángel de las camionetas.

—¡Señor Ventura, qué sorpresa! —lo saludé entusiasmado.

—Fui a su oficina y la encontré cerrada. Pregunté aquí en la estación y me dijeron que lo tenían detenido —dijo.

—Así es. Es una situación complicada.

Hablábamos a través de los barrotes y era evidente que a él le molestaba la separación, pues trataba de buscar un acercamiento más personal.

—¿Puedo hacer algo por usted? —preguntó.

—Quizás más adelante —respondí.

—Antes de pasar por el cementerio a despedirme de mi padre quería agradecerle por la ayuda que le prestó a Esperanza.

—Más bien, gracias a usted por ponerme en contacto con ella. A propósito, ¿le contó lo que conversamos?

—No, solo me dijo que mi padre le había dejado una carta. ¿Es algo importante que yo deba saber o se trata de algo personal entre ellos? —la pregunta denotaba una abierta insinuación.

Me sentí en la obligación de callar. Si ella no había querido contarle era entendible que se sintiera confundida por el testamento y vulnerable, además, ante la idea de revelar detalles de su relación con Don Inocencio. Yo confiaba en que la pericia del documento arrojara resultados positivos, de modo que, tarde o temprano, ambos temas iban a salir a flote. Sin embargo, no quería despacharlo sin corroborarle de algún modo sus sospechas.

—Entiendo si usted tampoco quiere decirme   —se disculpó.

—Nosotros los abogados debemos mantener ciertas cosas en privado, pero a diferencia de los curas, casi todo termina sabiéndose cuando la ley cita a las partes involucradas. Solo puedo decirle que usted hace parte del secreto del sumario.

—En ese caso espero que todo sea manejado con total discreción.

—De mi parte la tendrá, pero usted sabe que la gente prefiere el chisme antes que respetar la privacidad de las personas.

—No me importa que conozcan mi historia. Estoy orgulloso tanto de los padres que me dieron la vida como de los que me criaron. La gente podrá entenderlo o especular y eso no cambiará nada para mí. Lo que no me gustaría es que la gente empiece a hablar mal de mi padre o de Esperanza —me miró con una penetrante claridad—. No hace falta que no me cuente lo qué pasó entre ellos. Entiendo porqué ella tampoco quiso decírmelo. Sin duda, amaba a mi padre y ellos no quisieron que otros se enteraran.

—Usted es una persona perspicaz.

—Está muy claro. Cuando Esperanza habla de él le cambia la voz y el rostro.

—Me alegra que lo tome de esa manera.

—¿Quién soy yo para tener una opinión desfavorable? —dijo con extrema convicción—. Con Esperanza voy a estar siempre agradecido. Conocerla fue fundamental para cerrar ese capítulo de mi pasado, y haber venido aquí, por lo menos a despedirme de mi padre en su tumba, me ha traído una gran paz. Para mí, este viaje ha sido como nacer de nuevo.

—Lo felicito. Pocas personas asumen la vida del modo como usted lo hace.

—Hay quienes dicen que nadie escoge la vida que a uno le toca. Me refiero a los padres, la casa, al país donde uno nace y las circunstancias alrededor. Lo que creo es que uno sí puede escoger la manera como uno vive y el aprendizaje que uno puede extraer de todo eso.

—Tiene razón.

—Bueno, supongo que a usted le preocupan ahora otras cosas —el tono de su voz era libre de prejuicio—. En lo que le pueda ayudar, cuente conmigo.

—Lo tendré en cuenta. Gracias.

—Espero que su situación no le impida continuar asesorando a Esperanza.

—Eso no lo sé, pero llegado el caso, yo puedo recomendarle varios abogados. No la dejaré sola, cuente con eso.

—Se lo agradezco. Como le expliqué, yo cubriré sus honorarios y todo lo que Esperanza necesite. Estoy en deuda con ella y esta es una simple manera de retribuirle sus favores y lo que hizo por mi padre. No me niegue esa oportunidad.

—Está bien. Lo entiendo.

—De todos modos, estaré en contacto con ella para saber cómo está y espero que usted pueda salir pronto de aquí.

—De acuerdo. Confío en que así será.

El hombre no sabía si decirme algo para levantarme el ánimo.

—No se preocupe —extendí mi mano a través de los barrotes para aligerar el compás de espera y él me la estrechó.

—Hasta luego, entonces —se despidió.

—Gracias por la visita —dije mientras se alejaba.

Al final de la tarde Vivas llegó con noticias sobre el peritaje. Me comunicó que tendríamos una opinión en veinticuatro horas y el resultado técnico en un par de días. Luego, al hablar de mi detención, me contó que había sido citado a declarar y me aseguró que podía agregar detalles que obraran a mi favor como, por ejemplo, que la supuesta víctima no parecía agraviada, que no vio señales de violencia y que ella le había manifestado que no pensaba presentar cargos. Le agradecí y le dije que no exagerara las cosas, que se limitara a decir lo que había visto.

Pasé la primera noche confiado en que mi caso sería puesto a disposición de una autoridad competente, pero no fue así. Al otro día se presentó un investigador para interrogarme. Me limité a corroborar que, en efecto, yo había estado en la casa de la señora y expresé que no iba a dar más declaraciones. Ante eso, el tipo me sorprendió al mostrarme una bolsa plástica en la que traía una peineta.

—¿Reconoce esto?

—Se parece a una que yo uso —mentí, pues sabía que era la mía.

—¿Qué diría si los exámenes determinan que es suya?

—Ya le dije que estuve en esa casa. Pudo habérseme caído.

—Otras muestras biológicas comprobarían que no se trató de una simple visita —me miró con cara de inquisidor.

No me gustó su actitud y le dejé en claro que no iba a coaccionarme.

—Dudo mucho que después de ciento veinte horas se puedan producir pruebas de ese tipo que sean aceptables —señalé.

—Debe saber que ella cuenta con un examen médico y que en la habitación fueron encontradas otras evidencias, bastante comprometedoras, señor Llano.

—No voy a responder algo que pueda incriminarme.

—Podemos alargar esto todo el tiempo que sea necesario.

—No pueden tenerme aquí —reclamé.

—Hay una orden para una toma de muestras de ADN y es posible que vengan mañana, pero como cae viernes y la Navidad está encima a lo mejor no hay gente disponible y tocaría hacerla el lunes o quizás el martes —dijo con displicencia.

—Eso viola mis derechos como detenido —afirmé.

—El plazo máximo son setenta y dos horas, pero se puede pedir una prórroga y usted bien lo sabe.

—También sé cuándo la fiscalía intenta presionar al acusado. Aún no he podido hablar con un abogado.

—Lo tendrá. ¿Tiene algo más que decir?

—Prefiero hacerlo en un juzgado y no en una estación de policía. No quiero demorar la investigación.

—Si es así, no puedo desearle felices fiestas, pero al menos espero que pase un buen fin de semana —se despidió el canalla.

En ese momento sentí aún más agobiante el peso de los barrotes. Me preparé para la que iba a ser otra larga jornada de tedio y quise distraerme con algo de lectura. Le pedí a los agentes que me dejaran leer algo y me dijeron que no tenían mucho, apenas unas revistas y el Código de Policía. La celda no tenía luz, así que mi pasatiempo duró muy poco. Los ojos me dolían por el esfuerzo y me ofusqué, pero luego acepté la situación a medida que la penumbra ayudaba a ocultar mi desconsuelo. Mientras caía la noche y la oscuridad envolvía todo, imaginé que no había barrotes en la celda y con ese pensamiento me dormí.

A media mañana de ese viernes, Segura se apareció con el desayuno, un café recalentado y un pan más duro que un clavo cuya combinación, por efecto del hambre, resultó soportable. Por la tarde, apareció mi secretario con noticias menos tolerables.

—Doctor, siento informarle que no me tienen listo el informe técnico. Me dijeron que no alcanzaron a hacerlo, que el perito se tomó unos días de vacaciones.

—¿Y es que el maldito perito no avisó que se tomaba esos días libres? —estallé indignado.

—Quién sabe, doctor. Es puente navideño —trató de disculparse Vivas.

—¡País de ineptos! Te dicen que pueden hacer un trabajo para una fecha y después no cumplen.

—Usted sabe que a veces le dicen a uno que sí para agarrar el billete y uno se ve obligado a no cancelar para no perder más tiempo.

—¿Y no le dijeron cuándo lo tendrían listo?

—Supongo que el lunes.

—Pues si sigo aquí metido le va a tocar que ir por él.

—No sé, doctor. La próxima semana tengo que presentar unos exámenes. El semestre se atrasó y debemos terminar todo antes del año. Si puedo voy, si no toca que lo envíen por correo.

—Lo necesito cuanto antes.

—No se preocupe, ahí vemos cómo le hacemos, pero cuénteme, ¿a usted qué le han dicho? ¿Cuándo lo van a soltar?

—A este paso, supongo que la próxima semana.

—Pero ¿cómo así?

—Tienen que venir a tomarme unas muestras de ADN.

—Uy, doctor. Eso se ve complicado. Usted sabe que con eso lo pueden incriminar. Vea que el modo en que lo encontré en esa casa no le ayuda mucho.

—Lo sé. Por eso confío en que salga cuanto antes el otro peritaje. Con él se puede resolver mi situación.

—Disculpe que le pregunte, pero ¿qué tiene que ver eso con su caso?

—No le puedo decir, Vivas. Por ahora hágame un favor, deje la oficina cerrada. Le pido que no cuente lo que está pasando, si acaso, diga que vuelvo la próxima semana.

—De la oficina no se preocupe, pero lo suyo no creo que lo pueda ocultar.

—¿Qué quiere decir?

—Mire no más —Vivas me mostró una noticia en su teléfono.

—¡No puede ser! —exclamé.

El artículo tenía un título sensacionalista: "Juez acusado de violar a una viuda", y un subtítulo todavía más escandaloso: "La víctima venía de enterrar a su esposo". Debajo de mi foto oficial había otra, tomada seguramente durante una feria del pueblo, en la que aparecía Clara junto a Don Inocencio.

—¿¡Y esto salió en el periódico capitalino!? —pregunté al tiempo que lo comprobaba.

—Así es, doctor. La noticia la levantaron del diario de acá.

—¡Los que trabajan ahí son una porquería! ¡Y el "Chispitas" ese es más peligroso que un alacrán en los calzoncillos! ¡Tiene fotos de todo el mundo y es capaz de vender hasta la de su madre muerta!

—¿Qué más se les puede pedir? Si no fuera por la mala fama, nadie hablaría de El Matoyal.

—No, Vivas, no los defienda. Esos desgraciados tienen la desfachatez de llamarse periodistas. Publican la basura que se les ocurre sin preguntar, sin averiguar. Agarran cualquier versión, la más morbosa y con eso arman una noticia.

—Eso es lo que vende, desgraciadamente.

—¿Y entonces cómo queda la gente? Cuando yo salga libre, ¿van a publicar eso? ¿Qué soy un hombre intachable? No, Vivas, ya me jodieron.   ¡Me pusieron en la picota!

—Lo siento, doctor Llano.

—Nada gano con gastar mi aliento en esos miserables.

—Así es, no vale la pena, pero como le digo, yo siempre voy a hablar lo mejor de usted y si quiere voy ahora mismo al diario a dar mi versión de los hechos —mi secretario hizo una pausa y se acercó a los barrotes para hablarme en confidencia—. Pero dígame una cosa, doctor: ¿usted de verdad violó a esa señora?

—Solo le puedo decir que yo soy el que ha sido violado: me ha sido vulnerado mi derecho a la tranquilidad, a trabajar y a gozar de mi libertad.

—Ya veo. Usted no va a decir nada.

—¡La justicia siempre está a un paso de la verdad! —recuerde eso.

—Yo sé que es su frase favorita, pero a veces la justicia se la pasa cojeando y nunca llega.

—Entienda que yo tengo mi propia estrategia de defensa y que usted está suficientemente implicado. Si me quiere ayudar, me sirve más como testigo neutral. No se ponga a dar explicaciones. Entre más hable más rollo arma.

—Está bien. ¿Y ya tiene abogado?

—No encontré a nadie, pero me da igual si escogen uno de oficio.

—No puede ser. ¿Cómo se va a arriesgar a que lo defienda un abogado que no conoce?

—Tengo confianza en que la cosa no pasará de la denuncia.

—Puedo hablar con algunos profesores. El papá de un amigo es abogado, no vive aquí, pero podemos contactarlo.

—Si a eso llegamos, le pediré que lo haga. Igual, no creo que encuentre a alguien que pueda sacarme de aquí sin un bendito juzgado abierto.

—Solo espero que su estrategia le dé resultado.

—Saldré magullado, pero espero evitar lo peor —traté de darle confianza.

—¡Qué cagada que pase todo esto ahora! Me gustaría venir a visitarlo, pero justo se atravesó Navidad y debo estudiar el fin de semana para los exámenes. Además, mañana en la tarde tengo una reunión en la finca de los papás de mi novia que viven por los lados de El Refugio, como a una hora de aquí.

—No se preocupe. Estaré bien —acepté sus excusas y no quise alargar la visita—. Gracias por venir y que le rinda el estudio.

Vivas se rascó la barbilla, tenía algo que decirme, pero no hallaba el modo.

—¿Algo más? —se la hice fácil.

—Quería saber… es que como todavía no me han arreglado la moto, y pues dado que no va a usar su carro, quería preguntarle si podía seguir prestándomelo —pidió con cara de mártir.

—Por supuesto. Me lo cuida y no se vaya a meter en líos con él. Es lo que menos quiero ahora.

—¿Cómo se le ocurre, doctor? —se alegró un montón—. ¿Se lo puedo traer el lunes?

—Igual, no lo puedo usar —lo miré con cara de obviedad.

—Se lo dejaré estacionado al frente de la oficina. ¿A quién le doy las llaves?

—Déselas a Segura.

—Listo. Entonces paso a verlo el lunes.

—Aquí estaré —dije a modo de chiste, pero él ni lo captó.

Vivas lucía feliz con la idea de tener el carro todo el fin de semana. Dudé si había hecho bien en prestarle el coche, ya que a lo mejor no se iba a quedar en casa preparando sus exámenes, sino dando vueltas con la novia, pero luego pensé que ese no era mi problema. Suficiente tenía con mi situación como para preocuparme si mi secretario iba a ser responsable con sus estudios.

—No se preocupe que yo le hago esa vuelta. El lunes le averiguo lo del peritaje y si está listo le aviso —aseguró.

—Por favor. Es muy importante. Gracias de nuevo por la visita.

Vivas se despidió y se fue contento.

El resto del viernes la pasé mal y el jolgorio por las fiestas decembrinas me alborotó el desespero. En los últimos años he pasado diciembre solo, pues no siento la necesidad de festejar ni mucho menos la obligación de rezar en una iglesia. Pero una cosa es no querer pudiendo y otra es estar impedido.

No pude dormir y amanecí inquieto ante la idea de seguir detenido al menos dos días más. El calor hacía más irritante mi reclusión y más penetrante el olor a orines. Me sentía terrible, mi ropa olía a chivo, tenía una barba de tres días y me dolían los huesos de estar sentado y acostado sobre el concreto, pero justo cuando pensaba que nadie se acordaría de mí, Segura apareció para decirme que me habían dejado comida. Era la sopa de Doña Benigna, con cuatro tamales, una torta de frutas secas y un manojo de lavanda. ¿Cómo supo ella lo mucho que necesitaba sentirme limpio? ¿Y los tamales? ¿Y la torta tan bonita? Sin duda, ella era mi ángel navideño.

La sopa me levantó el ánimo y en seguida le pedí a Segura que me trajera una jarra de agua. Puse parte de la lavanda a remojar para extraerle la esencia y esperé para hacerme un baño de gato. Al terminar me sentí casi como nuevo. El resto del manojo lo dejé para oler en la noche con la esperanza de relajarme al dormir. Al caer la tarde, la estación cayó en un silencio entristecedor, no escuchaba voces, solo la radio de los policías emitiendo villancicos. Me sobrecogió una terrible nostalgia, sobre todo, un sentimiento de solidaridad, pues nadie se acordaba de aquellos policías que estaban allí para preservar el orden público, lejos de sus casas. ¡Qué Navidad tan triste!, pensé y enseguida llamé a Cadena.

—Comandante, ¿qué le parece si celebramos una cena navideña?

Cadena me miró sorprendido.

—Qué pena, Llano, pero no tenemos nada con qué celebrar —respondió resignado.

—Aquí tengo unos tamales y una torta. Me gustaría compartir esto con ustedes —le mostré mi donación.

—Pues sí que nos caería bien.

—Vea, páseme mi billetera y yo le doy para que traigan bebidas o algo para acompañar. Yo invito a todos.

—Usted sabe que no podemos beber licor mientras estamos de servicio.

—Compren lo que puedan beber y lo que se les antoje.

El comandante envió a Segura y al rato el agente vino con unas gaseosas, un salchichón, bolsas de papas fritas y chocolates.

—Esto fue lo que encontré en la tienda de Don Noelio. Ya estaba cerrando —dijo—. Ahí le traje las vueltas.

—Perfecto. Muchas gracias, con lo que trajo es más que suficiente.

Fue la Nochebuena más singular y conmovedora que haya tenido. Los agentes me sacaron de la celda y en uno de los escritorios organizamos la cena. A medida que íbamos acomodando la comida y las bebidas, se fueron multiplicando otros detalles: los policías empezaron a sacar vasos de plástico, colgaron serpentinas que les habían quedado de alguna fiesta de cumpleaños, encendieron velas, y en un extremo de la mesa colocaron una planta medio muerta que se convirtió en arbolito navideño, pues tocó decorarlo con papelitos y envolturas de dulces. De fondo teníamos la radio repitiendo villancicos y el ambiente contagió de tal modo a los agentes que, antes de cenar, se pusieron a llamar a sus seres queridos. Yo lo pensé dos veces y decidí llamar también a los míos. Contestó mi madre y enseguida me preguntó que cómo era eso que me habían detenido y por semejante delito, yo le dije que no estaba en la cárcel, que estaba pasando la Nochebuena con unos amigos, lo cual era cierto en ese momento, y le aseguré que no creyera todo lo que aparecía publicado, que se trataba de un error; luego me tocó explicarle lo mismo a mi padre y a los demás familiares que estaban reunidos en la casa hasta que me despedí con un "Feliz Navidad para todos".

Entre tanto, los policías repetían acongojados a sus familias, esposas y novias cuánto las querían y extrañaban. La escena fue un recordatorio de lo duro que debe ser para ellos y sus seres queridos tener que vivir con la idea de que cada día la muerte se les puede cruzar en el camino. A cualquiera de nosotros nos puede pasar, pero los policías siempre están en la primera línea de fuego, y esa diferencia no la tomamos en cuenta muchas veces.

Una vez descargados de esos sentimientos, nos sentamos alrededor del escritorio, agradecimos por estar vivos, hicimos un brindis y ellos me desearon salir pronto de mi situación, a lo cual les dije que compartir ese momento era lo mejor que habían podido hacer por mí y les hice augurios para que el próximo año todos ellos pudieran pasar las fiestas en sus casas.

Comimos, nos contamos anécdotas y ninguno hizo preguntas acerca de mi situación. Reímos hasta pasada la medianoche y me fui contento a la celda. Me acomodé con mi atado de lavanda y lo aspiré hasta quedar profundo.

El bochorno de la mañana me sofocó el sueño y ante mí tuve la insufrible tarea de sobrevivir el resto del domingo. Me pasé el día a punta de inhalaciones. Aquel aroma me ayudó a soportar el encierro, me transportó al campo y despejó mi mente. Cada vez que el calor expandía su abrazo y el tedio amenazaba con hundirme, yo cerraba los ojos, arrimaba la lavanda a mi nariz y dejaba que pasaran las horas. El silencio, la incomunicación y el letargo que se adivinaba en las calles me hizo pensar que nadie se acordaba de mí, y en parte, eso me reconfortó. No me hubiera gustado que alguien se percatara de mi penosa situación.

El lunes desperté con el bullicio de la calle. Llamé a Segura y le pedí que por favor me comprara un café y algo para acompañarlo, así como algo para él, y ante la idea de un desayuno gratis, se apresuró a traerme la billetera.

—Vaya al "Café Prosaico", tráigales también a sus compañeros y quédese con la vuelta —saqué un billete, le entregué mi billetera y lo despaché.

—Doctor Llano, ¿es que nos piensa sobornar a punta de comida? —se rio.

—No sé si me convenga. Alimentarlos a ustedes me va a costar una fortuna —le seguí la broma.

Al rato vino con el café y un pan de queso. Mientras los consumía me sentí como si recién iniciara mis labores en el despacho, dispuesto a recibir la primera queja, el primer documento para legalizar, pero nadie vino a verme esa mañana.

Solo en la tarde apareció Segura para sacarme de la celda.

—Queda libre, doctor.

—¿No me diga que mi soborno alimenticio dio resultado?

–Parece que no van a venir a hacer las pruebas, al menos hoy, así que tampoco podemos tenerlo detenido indefinidamente sin una orden explícita.

–Como sea, ya preparaba una demanda.

–Usted sabe doctor que nosotros solo cumplimos con lo que nos dicen.

–No sería contra ustedes, sino contra quien quiso tenerme recluido en contra de mis derechos.

–Venga le entrego sus cosas –se apresuró temeroso.

Salí de la estación y me recibió el calor de las tres de la tarde. Nunca me había sentido tan contento de sudar en libertad; caminé hasta mi oficina y no me di cuenta de que un hombre venía hacía mí por la misma acera; el sol me daba en la cara y cuando levanté la vista solo pude percibir su silueta, de modo que no supe en qué momento su puño se estrelló contra mi cara. Caí noqueado y mientras trataba de entender lo que pasaba escuché su voz:

–¡Eso te pasa por desgraciado!

Recibí una patada en el costado y alcancé a oír de nuevo al tipo jurando que me iba a matar y al fondo los gritos de la gente. Se me fueron las luces y cuando desperté me encontré rodeado de algunos vecinos.

–¿Qué le pasó doctor? –me preguntaban.

–No sé, creo que alguien me atacó.

A este punto, Segura había llegado al lugar y me preguntaba lo mismo.

–¿Quiere venir a la estación?

—No hace falta, no sabría decir quién fue. Estoy bien. Prefiero ir a mi oficina.

Mi estado era lamentable. Los baños de lavanda no ocultaban el olor a rancio, además, el traje arrugado y la barba de pordiosero no ayudaban a mejorar mi aspecto y, encima de todo, ahora tenía las ñatas reventadas y un ojo hinchado.

—Como que ha estado de farra, ¿eh, doctor? —comentó uno de mis socorristas.

—He estado en mejores fiestas —dije mientras me incorporaba.

Agradecí a todos por su ayuda y les repetí que estaba bien. Seguí mi camino tratando de mantenerme derecho, pues seguía bastante turulato.

—¡Feliz Año! —me gritó un entusiasta.

—Esperemos que este termine rápido —respondí y algunos se rieron.

Entré a la oficina y enseguida fui al baño a lavarme la cara; la suciedad de mis manos se mezcló con la sangre que chorreaba de mi nariz y el lavabo quedó cubierto de un barro rojo. Veía solo por un ojo porque el otro estaba completamente abultado, así que saqué hielo de la neverita para hacerme una compresa y destapé una cerveza. Alternaba la compresa con el envase frío y sentí alivio, pero necesitaba ir a la casa a bañarme y reducir la inflamación. Envolví unos cubos de hielo en mi pañuelo, recogí la correspondencia y salí por mi auto, pero no lo vi. ¿Dónde carajo estaba Vivas?, me pregunté. Lo llamé por teléfono y me dijo que "no podía ir en ese momento, pero que pronto se pondría en camino". Sabía, por el tono de su voz, que se encontraba haciendo otras cosas y no las que yo necesitaba. Le dije que no olvidara averiguar lo del peritaje y que se comunicara conmigo cuanto antes. De todos modos, de nada me hubiera servido tener el auto. En minutos, el sol agravó la hinchazón y el ojo se me cerró por completo. Habría sido difícil manejar con lo tuerto que estaba, así que caminé hasta la plaza para encontrar un taxi mientras mi pañuelo parecía estar escurriendo té caliente.

Llegué a mi casa y me desvestí como si me quitara una peste de encima. El baño, la afeitada y las compresas de hielo me devolvieron en parte el semblante. La hinchazón se había reducido a un vistoso moretón y me sentí afortunado de que al menos mi atacante no me había quebrado la nariz. ¿Quién pudo ser? Me puse a rememorar las sentencias que había proferido y se me ocurrieron varios candidatos que habían salido perjudicados por mis decisiones. En este pueblo es común que la gente tome represalias o mantenga escondidos sus odios hasta encontrar el momento para descargarlos, así que cualquiera podía haber querido darme una lección antes de terminar el año.

Recuperada la visión en mi ojo me puse a revisar la correspondencia y el primer sobre que abrí fue uno del Ministerio. En la carta se me comunicaba que quedaba "suspendido provisionalmente hasta que mi situación legal quedara resuelta".

—¡Lo que me faltaba! —arrugué el papel y lo tiré—. ¡Para esto funciona el Sistema de Justicia! ¡Someten a la gente a procesos interminables, pero eso sí, a la hora de suspender a un juez, lo hacen de inmediato! —hablaba como si expusiera mi caso ante un tribunal.

Molesto ante la situación, me puse a examinar mis opciones: sabía que podía defenderme, pero un juicio sería engorroso, así que lo mejor era responderle a la señora con las mismas armas. El único recurso que tenía para contrarrestar su chantaje era inutilizar su testamento con el que había recibido Esperanza, y para ello necesitaba urgente el resultado del peritaje.

Finalmente, Vivas se apareció en mi casa con cara de culpa.

—Perdone, doctor, pero no alcancé a ponerle gasolina a su carro. Apenas usted me llamó vine lo más rápido que pude —se excusó.

No quise preguntarle dónde andaba ni como le había ido en los exámenes. Total, cualquier otra explicación iba a sonar tan floja como las anteriores.

—Gracias por traerme el auto. ¿Qué averiguó del peritaje?

—Va a estar listo mañana.

—¿Seguro le dijeron eso?

—Sí, el perito regresó hoy al trabajo y yo mismo hablé por teléfono con él. Me dijo que lo terminaba hoy y que mañana lo podemos recoger a primera hora.

—Yo me encargaré de recogerlo. Ahora voy a descansar.

—Doctor, qué pena molestarlo. ¿No tiene que me dé para un taxi? Voy a ver si ya me arreglaron la moto —dijo con ojos de desvalido.

—¿Y es que no sacó tiempo teniendo mi coche para pasar por el taller o llamar a ver si ya se la tenían lista? —me hice el ingenuo para ver qué pretexto se inventaba.

—Sí pasé, pero estaba cerrado por las fiestas.

—Claro —contesté como si le creyera—. Vaya entonces a ver si ya lo abrieron.

Le di para el taxi y lo despaché. Consideré ese gasto como una subvención por haber llevado el informe.

Me fui a dormir temprano. Mi cama me acogió como una amante fiel; me esperaba con sus tibias y confortables sábanas junto a mi inseparable compañera enfundada. Todo en mí se relajó, los músculos descansaron y los huesos se aflojaron. Caí profundo en un par de minutos y desperté rozagante a la mañana siguiente. Todavía se me notaba el moretón, pero me sentía victorioso. Tenía grandes expectativas frente a lo que podía ocurrir ese martes con el peritaje. Ni por asomo imaginaba lo que descubriría más tarde en el día.

Primero, fui a ponerle gasolina al coche porque Vivas me lo había dejado casi seco. Un poco más y me toca empujarlo hasta la gasolinera. Luego, salí para la capital a recoger el informe. El resultado fue completamente satisfactorio: quedaba comprobado que la persona que había escrito las cartas a Esperanza Lazo era la misma que había elaborado el testamento. Mi obligación era comunicárselo a ella, así que antes de regresar a El Matoyal pasé por el orfanato.

Esperanza recibió la noticia sin denotar sorpresa. No necesitaba de una confirmación, pues desde ese día en mi oficina supo que aquel documento lo había hecho su amado Inocencio. Soltó un suspiro, pero antes de hablar de lo que vendría a continuación, me preguntó por la acusación que pesaba sobre mí. Tuve que decirle la verdad. Ella quedó espantada y de inmediato me ofreció su apoyo.

—A mí nunca me gustó esa señora. Es terrible pensar todo lo que puede hacer. No me extraña que le haya pagado a alguien para que le dieran a usted esa paliza —señaló mi ojo amoratado.

—Con lo que me hizo es suficiente. No creo que quisiera vengarse aún más.

—¿No me dice que ese tipo lo esperaba a la salida de la cárcel? Eso es muy sospechoso.

—Sí, pero pudo ser cualquiera al que no le gustó una decisión mía.

—En todo caso, me enerva que haya sido capaz de montar esa mentira contra usted. Si hizo algo así, también pudo hacerle cosas horribles a Inocencio —expresó con disgusto.

—Eso no lo sabemos, pero lo que es indudable es que la señora Clara está haciendo lo posible para que otras personas no aparezcan como beneficiarias.

—Es obvio que Inocencio quería que sus bienes fueran repartidos entre aquellos que más quería.

—¿Está segura de que ella no sabía nada de las obras de caridad que él hacía? —insistí.

—Me parece que ella es una mujer egoísta a quien no le importaban los deseos de Inocencio. ¡Imagínese, ni que fuera el dinero de ella!

—¿Usted cree que eso era motivo de disputas entre ellos?

—Supongo, pero creo que a Inocencio le importaba poco y seguía ayudando a quien quería sin que ella se enterara.

—Pues con este documento ella se va a enterar tanto de lo que hacía Inocencio como de su relación con usted.

—Me tocará enfrentar eso. Lo que no entiendo es por qué él nunca me dijo que quería incluirme en su testamento.

—Quizás no quería condicionarla.

—Él jamás tuvo dudas de mi amor y yo nunca necesité de su dinero para demostrárselo —expresó ofendida.

—Me refiero a que no quería hacerla sentir incómoda o presionada sabiendo que algún día le tocaría enfrentar a Clara, a su hija y al resto de personas que lo conocían —señalé.

—Lo normal habría sido que él se separara de ella. Sinceramente, no me habría importado que él le dejara algo a esa señora y a la hija, pero ahora, sin él, todo es más complicado.

—Es evidente que antes de formalizar su unión con usted, él se cercioró de incluirla en su testamento.

—Me da escalofrío al pensar que presentía su muerte —se estremeció al decirlo.

—¿Le habló alguna vez de eso?

—No, nunca me lo dijo. Quizás lucía apesadumbrado, pero él era así. No era un hombre demasiado alegre.

—Bueno, sea que presintiera o no su muerte hizo bien en dejar este testamento. Lo único que nos queda es hacer cumplir su última voluntad. En eso tiene mi respaldo, Esperanza.

—Gracias. Si es así como él quiso, así deberá ser. Hay muchas personas que se beneficiarán.

—Haremos que sus deseos se cumplan —reiteré.

Esperanza meditó por un instante y una expresión de admiración y nostalgia se dibujó en su rostro.

—Es paradójico que la única persona con quien Inocencio tenía lazos de sangre no pueda beneficiarse de lo que él dejó.

—¿Qué quiere decir? —me intrigó su frase.

—Que, por ley, según usted me explicó, Gabriel Fecundo no puede aspirar a la herencia de su padre.

—Desde luego, pero está su otra hija, ¿no es así?

Esperanza se puso nerviosa y enseguida me percaté de que ella acababa de cometer una imprudencia.

—¿Qué hay de su hija, Libertad? —pregunté.

Ella trataba de aquietar su conflicto interior, pero cada vez su inquietud la delataba aún más.

—¿Hay algo que deba saber acerca de la hija de Don Inocencio? —persistí.

Ella me miró buscando algo que me hiciera ser depositario de su confianza.

—Creo que Inocencio no me lo perdonaría —expresó intranquila—. Él le dejó bienes tanto a ella como a su madre y yo no quiero cambiar eso.

—Legalmente, nada cambia. Libertad es hija de él, aunque no estuviera casado con Clara —precisé.

—Él me dijo que nunca desprotegería a Libertad porque eso mismo hizo con Gabriel, su verdadero hijo. ¿Entiende lo que le digo?

—Entiendo que Inocencio sintiera culpa por haber abandonado a Gabriel y que volcara su protección en su nueva… —me detuve y caí en cuenta de las palabras de Esperanza—. ¿Quiere decirme que Libertad no es hija biológica de Inocencio?

—Prométame que nunca lo dirá —me rogó tomándose las manos.

—¿Cómo es eso? Explíqueme.

—Mire, yo puedo enfrentar las habladurías, que me llamen como quieran, puedo mirar a la cara de esa señora y no sentirme avergonzada, pero lo que no puedo hacer es dejar que esa hija se entere de que Inocencio no era su padre —me miró con determinación.

—¿Y cree que ella no lo sabe o que por lo menos lo intuye? Usted debe saber mejor que yo, que un hijo se da cuenta cuando no tiene similitudes o una conexión especial con alguno de sus padres o con ambos. Eso le pasó a Gabriel.

—Puede ser, pero no me gustaría que esa joven supiera que Inocencio la adoptó. No es culpa de ella.

—No se preocupe. Le prometo que, de mi parte, ella no lo sabrá.

—Él adoptó a esa niña con toda conciencia —afirmó.

—¿Sabe cómo ocurrieron las cosas?

—No, él nunca me contó cómo fue todo. Simplemente, me dijo que no podía dejar a la niña sin un padre.

—De todas formas, nada cambia. Para efectos de la ley, Libertad es la hija reconocida de Don Inocencio.

—Perdone entonces la indiscreción, pero me tomó por sorpresa. Además, usted fue abierto conmigo al decirme porqué estuvo detenido. De igual modo, me vi impulsada a contarle eso.

—Se lo agradezco y le voy a ser franco: esta información podría ayudarme con el problema en el que me ha metido esa señora. Podría amenazarla con contactar a su hija y decirle que Inocencio no es su padre, pero me parecería una canallada.

—Esa mujer usó un chantaje espantoso contra usted para perjudicar a mucha gente y usted debería pagarle con la misma moneda. Sin embargo, no me gustaría que esa joven se enterara de la verdad, mucho menos así.

—No es la mejor forma, lo sé. Al mismo tiempo, nada saco con eso. La señora Clara puede decir que su hija ya lo sabe y puede ser cierto, de modo que mi amenaza no surtiría efecto.

—Lo siento. Si pudiera ayudarlo con otra cosa, créame que lo haría.

—Usted ya me dio su mejor ayuda al confiarme el testamento de Don Inocencio y otras cosas de su vida privada. Le estoy muy agradecido.

—Espero que este testamento le ayude a quitarse a esa señora de encima.

—A estas alturas creo que ella ha debido conseguirse a alguien que le autentique su embuste. Si lo hizo con fecha de hace tres meses, como quiso hacer conmigo, le va a quedar caduco porque el de Inocencio es más reciente.

—¡Bien hecho! ¡Por torcida!

—Sin embargo, existe la posibilidad de que produzca otro todavía más reciente.

—¡Pero ella no puede hacer eso! ¡Hay que denunciarla! –replicó Esperanza enfurecida.

—No se preocupe. Yo hice una copia del documento falso. El testamento que vale siempre es el último y ante la perspectiva de enfrentar una denuncia por falsificación, creo que a ella le resultará más complicado hacer uno nuevo y explicar por qué existen tres, sobre todo tan recientes. En ese sentido, el que tenemos ahora servirá como elemento de presión.

—Me da miedo que tome mayores represalias contra usted, incluso contra mí cuando se entere de que yo existo —expresó preocupada.

—Me parece que no se arriesgará a armar más problemas. No le conviene —afirmé casi convencido.

—No confío en ella. Si fue capaz de hacerle eso a usted, puede hacer otras cosas. Me da rabia pensar que Inocencio vivió todo este tiempo con ella y que no se haya dado cuenta de quién era.

—Algo tuvo que haberle visto para vivir con ella todos estos años.

—Le aseguro que él no la quería —dijo como si estuviera segura—. Vivió con ella para darle seguridad a la hija. Tanto es así, que cuando ella se fue de la casa a estudiar, él me dijo que ya había cumplido con lo más importante y que ahora podía pensar en él.

—¿Y eso significaba separarse de Clara e irse a vivir con usted?

—No llegamos a hablar de eso, pero estoy segura de que se iba a dar más adelante. Se le notaba distinto y siento que lo estaba preparando.

—Me pregunto si Inocencio llegó a hablarle de ese tema a Clara —la duda iba dirigida a Esperanza.

—No me consta.

Consideré que, si en algún momento Inocencio había afrontado su situación ante Clara, a lo mejor no quiso contarle a Esperanza por las reacciones que obtuvo o porque imaginó las repercusiones que podría ocasionarle a su amante. Quizás nunca se atrevió o estaba esperando el momento. De cualquier modo, Esperanza no tenía cómo saberlo.

—Bueno, creo que hemos ahondado lo suficiente —concluí—. Tengo muchas cosas que hacer —dije y me dispuse a salir.

—Ha sido muy bueno hablar con usted —su tono denotó un dejo de desolación.

—Le avisaré qué sale de todo esto. Y no se preocupe, haremos cumplir la voluntad de Don Inocencio —la reconforté.

—De mi parte, haré que la gente sepa quien fue mi amado Inocencio y que los niños que vengan a este orfanato lo vean como su gran benefactor —dijo dándose ánimo.

—Estoy seguro de que así será —le estiré mi mano.

—Confío en usted —expresó.

Esperanza se acercó y pensé que me iba dar la suya, pero me sorprendió con un abrazo. Creí que era una forma de agradecimiento más personal, pero por el modo en que posó su cabeza en mi hombro sentí que necesitaba consuelo. Caí en cuenta de que, por haber vivido ese amor en secreto, nadie se había percatado de cuán grande había sido esa pérdida para ella.

Regresé al pueblo con la intención de contactar a mi demandante. Llamé a Vivas y al poco tiempo apareció en la moto, así que quise ver con qué excusa me salía.

—¡Qué bueno que ya se la entregaron!

–Ah, sí –respondió despistado–. Imagínese doctor que todo este tiempo ya me la tenían lista, pero como habían cerrado el taller, no podía recogerla.

–Es increíble que la gente no quiera ganarse la plata –comenté a manera de reproche.

–Por eso es por lo que no progresan –sentenció como si él fuera un ejemplo de virtudes–. ¿Y ya recibió el informe?

–Sí, aquí lo tengo.

–¿Y salió correcto?

–Después le cuento. Lo que quiero ahora es que encuentre a la señora Clara. Quiero que le diga solamente esto: "que quiero hablar con ella para arreglar nuestro problema".

–Uy doctor, ¿se va a meter de nuevo en la cueva del lobo?

–Ya estuve en ella y ahora pienso salir –aclaré–. Pero le pido encarecidamente que no le diga nada de nada. ¿Oyó? Solamente eso, que quiero hablar con ella.

–Claro que sí. Yo le digo.

–Dígale otra cosa: que escoja el sitio donde nos podamos encontrar. Eso sí, debe ser un lugar al abierto, tranquilo y sin gente.

–Despreocúpese jefe que yo se la ubico –aseguró y de inmediato partió en su moto.

En ese momento no podía trabajar desde mi oficina, pues me encontraba suspendido, y para evitar cualquier infracción, me dirigí al "Café Prosaico". Esperaba convertir el lugar en mi campo de operaciones. Sabía que me exponía a las preguntas de la gente así que, de entrada, hablé con la dueña.

—Doña Talía —comencé diciéndole—. Usted me conoce bien, sabe que soy un cliente que no se mete con nadie y que viene tranquilamente a leer y a tomarse un café. Me gustaría, si no es problema, quedarme aquí mientras se arregla mi situación. Puedo pagarle por eso. Solo necesito una mesa, eso es todo.

—Mire, doctor Llano. Yo no sé lo que pasó y si pasó lo que dicen que sucedió, pero de todos modos me parece muy grave.

—Lo sé, en estos casos al que menos creen es al acusado.

—Esa señora Clara no es ninguna pera en dulce, pero eso sí, cuando una mujer acusa a un hombre de esas cosas, una de dos: o es verdad o quiere joder al tipo.

—Le aseguro que pronto se va a aclarar todo.

—Yo no quiero escándalos aquí, ¿me entiende?

—Usted sabe que no soy un tipo de peleas.

—Pues no parece. Mire no más como tiene ese ojo.

—Ya sé que no me ayuda mucho, pero dígame: ¿cuándo me ha visto en líos o altercando con la gente?

—Nunca, pero hasta el más tranquilo tiene sus mañas.

—Mi intención no es crear problemas. Suficiente tengo con el de esa señora. ¿Entonces qué me dice? ¿Puedo quedarme aquí?

—Pues será el último cliente del año y quizás del negocio.

—¿Cómo así, Doña Talía?

—Así como lo oye.

—Estará exagerando.

—Para nada —suspiró y se apoyó en el mostrador como si fuera a dar un discurso desde un balcón—. Esto ya no es como antes. Cuando mi marido abrió este negocio, aquí en El Matoyal había gente culta, gente que se preocupaba por leer y organizar tertulias muy amenas. Ahora los jóvenes andan todo el día pegados de aparatejos y los viejos no hacen otra cosa que hablar de lo mismo. Ahí se la pasan en la plaza gastando el culo en las bancas.

—Es cierto, los tiempos han cambiado. Ahora uno ni siquiera encuentra verdadera información en los periódicos. Por eso vengo aquí a leer lo que queda de estos buenos libros.

—Este negocio ya no da plata, doctor. Y a punta de libros viejos no me voy a mantener.

—¿De verdad lo piensa cerrar?

—Es una lástima. Siempre quise tener un Café Concierto, un centro cultural adonde llegaran músicos y artistas; soñé con mi propio teatro y actuar hasta el último día, pero no se pudo. Cometí la estupidez de casarme con Prudencio. Mi esposo me adoraba, y por quererlo yo también, me vine a vivir a este miserable pueblo. Él creía que yo podía culturizar a esta manada de ignorantes y al principio pareció que lo habíamos logrado. Abrimos el Café y con la bonanza de la madera llegó gente de otras partes. Durante esos años se vio plata; había interés por otro tipo de entretenimiento, aparte de los burdeles, pero cuando terminaron de arrasar con el monte, la gente se fue, la riqueza se esfumó y acá solo nos quedó el polvo y este cafetucho.

—Eso pasa con muchos lugares que viven de un producto durante un corto tiempo –añadí.

—Y es peor cuando el gobierno no hace nada.

—Es como usted dice, Doña Talía. Una región no puede progresar si le quitan su riqueza y si, además, no construyen infraestructura.

—Lo que hicieron con los montes fue infame. Esto por acá era divino. Ahora usted va a los alrededores y solo encuentra peladeros y vacas.

—Lo sé. He visto fotos y el bosque por acá era muy bonito.

—Antes es que el río no se ha secado.

—A veces me pregunto cómo es que sigue corriendo –concordé con ella.

—Ese pobre río corre para salir cuanto antes de este infierno –remató.

—Al menos nos queda algo de su cauce –dije.

—Será por poco tiempo. Con el cuento de la minería van a empezar a desviarlo y a dragarlo. ¡Ahora sí que van a acabar con él! –expresó con enojo–. Si viera lo lindo que era –suspiró–. Había charcos sabrosos donde uno podía lanzarse de clavado y unos árboles hermosos que daban una sombra estupenda.

—Ay, Doña Talía, como duele cuando acaban con las cosas bellas.

—Eso mismo pasó con este lugar. El Café no era como usted lo conoció. Era más grande y acogedor. Cuando se acabó la clientela, a Prudencio y a mí nos tocó rentar el local de al lado donde teníamos el teatro y convertir el espacio de acá en cafetería. Desde entonces vivo de lo que me da mi arrendatario, no de lo que vendo aquí.

—Pensé que era rentable de algún modo.

—Sigo viniendo aquí por pura nostalgia y masoquismo, pero no lo voy a hacer más. Prefiero quedarme en casa, igual de sola, sin tener que ver semejante tristeza.

—Lo siento mucho, Doña Talía. De todo el pueblo, este es el único lugar que me gusta frecuentar.

—Después de que lo venda muchos más lo van a frecuentar.

—¿Por qué lo dice?

—Porque me han ofrecido comprar ambos locales para abrir un "verdadero centro de intercambio" —anunció con mofa y grandilocuencia.

—¡Pero esas son buenas noticias, Doña Talía!

—No es lo que usted cree.

—¿Cómo es eso?

—Lo que quieren poner es un putiadero —dijo con desenfado.

—¿De verdad?

—Así es. ¿¡Quién iba a decir que el "Café Prosaico" se iba convertir en el "Café Promiscuo"!? —anunció de modo pomposo como si leyera un letrero.

—Yo tampoco me lo hubiera imaginado.

—No tengo nada contra las putas, ¡pero si al menos montaran un show de cabaret!

—Dudo que haya clientela para tal nivel de sofisticación —la secundé.

—Eso es mucho pedir, lo sé. Vea, doctor, ya me cansé de esperar que la gente demuestre una cierta clase, un mínimo de gusto por lo estético. Todo es tan burdo y chabacano que he perdido la fe en los seres humanos.

—¿Y no ha pensado irse? Hay otros sitios que aún tienen lo que a usted le gusta.

—Tal vez. Si saco una buena plata de esa venta me mudaré a otra parte o me iré a recordar mis días de gloria, sola en una finca, rodeada de mis fotos.

—La voy a extrañar, Doña Talía.

—Yo también. Usted no solo es mi mejor cliente, sino el único que todavía le daba a este sitio su verdadero carácter.

—Siempre ha sido un oasis para mí y ahora, gracias a usted, se ha convertido en mi refugio.

—Siéntase pues, como en su oficina, doctor. De todas formas, aquí ya no viene nadie.

—Le prometo que le pagaré por mi estadía. Esto ya no sería un simple servicio. Lo considero un alquiler.

—Como guste, doctor Llano.

Me alivió saber que podía utilizar el Café para estar cerca de mi oficina y realizar algunas labores que no causaran conflicto con mi suspensión temporal de actividades. Sin embargo, mi presencia por poco causa un desastre. No llevaba ni media hora en mi nuevo escritorio, cuando un hombre entró al lugar y se puso a hablar con la dueña. Yo revisaba el testamento de Don Inocencio y tomaba algunos apuntes por lo que no reparé demasiado en él. Estaba concentrado en el discurso que le haría a la señora Clara y necesitaba elegir muy bien los argumentos para disuadirla de sus planes. De pronto, noté que la dueña me señaló y vi que el hombre vino directo hacia mí, se paró al frente, apartó una silla, tiró a un lado la mesa con todos mis papeles y no pude reaccionar porque de inmediato me alzó de la camisa y me estrelló contra la pared.

—¿¡Qué le pasa!? —traté de zafarme.

—Aquí es donde te escondés, ¿no? ¡Miserable!

El hombre me quitó una mano de encima para darme con el puño, pero yo alcancé a esquivarlo y terminó estrellándolo contra la pared. El dolor hizo que me soltara y yo aproveché para escurrirme.

—Vení para acá, cobarde! —gritó enardecido.

Yo no entendía por qué me atacaba. No lo conocía, pero él sí parecía saber quién era yo. Traté de salir de mi rincón y tuve que meterme debajo de una mesa para esquivar la silla que me lanzó.

—¡Oiga! ¡Qué le pasa! —gritó la dueña— ¿¡Se ha vuelto loco!?

—¡Este hijo de puta me las va a pagar! —el iracundo me arrojó otra silla—. ¡Salí de ahí! ¡A ver si sos tan macho y te las ves con un hombre!

—¡Doctor, por favor! ¡Salgan a arreglar sus cuentas afuera! ¡Me van a destruir el local!

—¡Yo no conozco a este tipo! ¡Se lo juro! —dije mientras buscaba protegerme de cuanta cosa me lanzaba.

—¡Usted me dijo que no me iba a traer escándalos aquí!

—¡Le repito que no sé quién es! —expliqué en medio de la andanada de cosas que me lanzaba el enajenado.

—¡Yo en cambio sí sé quién sos vos, rata asquerosa! —escupió el tipo—. ¡Vos fuiste el que violó a mi esposa y te voy a hacer pagar por eso!

Como un toro embravecido el hombre arremetió contra lo que tenía por delante y de un envión lanzó por los aires la mesa debajo de la cual me refugiaba. Los gritos de Doña Talía retumbaban en el recinto como en una escena teatral. El atacante me agarró de nuevo por el cuello y se dispuso a darme un puñetazo así que, ante la apremiante situación, supe defenderme con la mejor arma del abogado: el bolígrafo. Antes de que descargara el golpe, agarré con fuerza mi esferográfico y se lo clavé en el hombro. Mi agresor se echó para atrás y yo me fui a calmar a la anfitriona.

—No se preocupe, Doña Talía. Ya vamos a aclarar todo.

—¡Voy a llamar a la policía! —advirtió ella.

—Todavía no —antes quería identificar al hombre de quien empezaba a adivinar el motivo de su rabia—. Sáqueme de una duda —le recriminé—: usted fue el que me atacó ayer, ¿verdad?

—Sí, y ahora vengo a terminarte la paliza, ¡piltrafa! —respondió.

—Está bien, pero antes de que nos liguemos a puños, ¿de qué esposa usted me habla? ¿De Clara?

—¡Te voy a cagar a golpes pa' que no se te olvide!

—¡Espere un momento! ¿Por qué dice que es su esposa? ¿Acaso no sabe que ella vivía con otro hombre? —quise medir qué tan informado estaba.

—¡También me enteré de eso y para mayor afrenta supe que vos, pedazo de mierda, la habías violado!

—No es como usted piensa y lo podemos aclarar, pero primero usted debe explicar lo de su matrimonio con la señora Clara Escalante.

—¡Ese no es su apellido! —respondió furioso.

—¿Cómo es eso?

—¿Qué le importa cretino? ¡Lo único que quiero es romperle la cara!

—¡Nada de eso! —reclamó Doña Talía—. Usted no va a hacer más daños aquí, ¿me entendió? Si ustedes dos tienen asuntos pendientes me hacen el favor y los arreglan afuera.

—¡No se preocupe señora que yo saco a este infeliz así sea arrastrado! —amenazó el tipo.

—No es necesario —dije—. Podemos hablar civilmente aquí o afuera. Lo importante es esclarecer un par de cosas. En primer lugar, yo no violé a esa señora y, en segundo lugar, ¿de dónde saca usted que es el esposo de ella?

—Sí, ¿cómo es eso? A mí también me interesa saber —Doña Talía se sumó al interrogatorio.

El hombre se sintió intimidado. Ahora eran dos personas que lo enfrentaban.

—Eso no les compete. Ella sigue siendo mi esposa, aunque diga lo contrario —respondió él—. Y como marido voy a defender su honor —volvió a cargar hacia donde yo estaba.

—¡Un momento! —le ordené—. Usted no puede venir aquí a darse puños con cualquiera para defender el honor de una mujer que no ha sido ultrajada y, además, ¿qué le hace pensar que puede atacar al que le dé la gana diciendo que es el marido de ella? Aquí nadie lo conoce.

—¡No me interesa! —dijo y apartó una silla.

—Pues a mí sí —contesté y me dirigí a la anfitriona—: ¡Llame a la policía! Le vamos a presentar cargos a este individuo por ataque premeditado, amenazas y agresión física, alteración del orden público, daños a la propiedad privada y también falso testimonio, a menos que corrobore su identidad.

El hombre quedó perplejo. No supe si entendió todo lo que dije o si quedó aturdido con mi descarga leguleya, el hecho es que tomó la silla, se sentó en ella cabizbajo y se llevó la mano a la frente como si recapacitara. Se le veía perdido. Ya no era aquel violento energúmeno que por poco acaba con el local, sino un hombre abatido, consumido en la pena. Le di a entender a Doña Talía que me encargaría de resolver la situación y acerqué otra silla para hablar con él.

Su historia terminó por sorprenderme aún más. Se llamaba Plácido Bravo, y de inmediato me congracié con él, pues ambos éramos víctimas de la absurda dicotomía de nuestros nombres. Si bien los míos podían anularse o incluso complementarse (montaña–llano), de los suyos no se podía esperar otra cosa que una personalidad pasivo–agresiva. Y en efecto, lo que tenía frente a mí era una mansa paloma con la furia plasmada en los ojos.

Me contó que el apellido de Clara era Machado y que Escalante era el de su madre.

—Pensándolo bien —dijo— era de esperarse que rechazara llevar el apellido paterno, pues para ella, su padre había sido un hombre intransigente que le había arruinado la vida. ¿Cómo no lo pensé? —se recriminó y estrelló un puño en la palma de su mano —. ¡Por eso no la encontraba!

Tenía sentido. Ambos habíamos buscado detalles de la vida de Clara desde dos miras distintas. Mientras el hombre había intentado localizarla siguiendo pistas de su primer apellido, mis averiguaciones se habían basado en el segundo que ella había adoptado. El hecho de que Clara no hubiera dejado rastros era como si la primera mujer se hubiera esfumado y la segunda no existiera.

El hombre me contó que se casaron y que poco después ella lo abandonó. Desde entonces, me dijo que la empezó a buscar por todas partes y que solo vino a dar con ella cuando vio su foto en el artículo que hablaba acerca de mi detención. Me confesó que vino a El Matoyal con la intención de matarme, por puros celos, pero que sentía más rabia hacia ella por lo que le había hecho.

—¿Sabe dónde la puedo encontrar? —preguntó desesperado.

—¿Qué le hace pensar que ella quiera verlo después de tanto tiempo? —rebatí—. Sobre todo, si usted le tiene tanta rabia.

—No es rabia, es más bien frustración —trató de suavizar.

—Señor Bravo, si ella se marchó de su lado debió ser por una razón muy fuerte, tan fuerte que quiso estar todo este tiempo lejos de usted.

El hombre se mordió la mano y me miró con cara de arrepentimiento.

—Tuvimos algunos problemas y yo sé que me porté como un patán. Ella era un imán para atraer hombres y eso me ofuscaba mucho, por esa y otras razones discutíamos y en algunas ocasiones se me fue la mano. Yo pensé que las cosas se iban a calmar después de que me dijo que estaba embarazada.

—¿Embarazada?

—Imagínese, yo no cabía de la dicha, pero ella me decía que no quería vivir con alguien violento, yo le dije iba a cambiar, que lo que más quería era cuidar de ella y de mi hijo, pero se ve que no me creyó y un día se largó, así no más, sin despedirse ni decir para dónde —rezongó apretando los dientes.

—¿Cómo pudo irse si estaba embarazada?

—Fue la peor tortura —siguió desahogándose—. Al inicio yo no sabía si la habían secuestrado o si se habían entrado a la casa y nos habían robado porque no estaban sus joyas; la busqué por todas partes y luego me di cuenta de que faltaba una maleta y algunos de sus objetos personales. También me dijeron que la habían visto en muchos lados y me volví loco. ¿Cómo pudo hacerme eso? —me clavó los ojos como si yo tuviera la respuesta.

—Discúlpeme que insista, pero debe haber una razón muy fuerte para que una mujer embarazada decida irse de la casa sin decir nada.

El hombre agachó la cabeza y volvió a morderse la mano.

—Si no quería verme más, hubiera podido entenderlo, pero al menos me hubiera dejado ver a mi hijo —se cubrió el rostro con las manos.

Parecía que su disgusto era más fuerte que su arrepentimiento, no obstante, si él era el padre, tenía la obligación de saberlo.

—Señor Bravo, ¿sabía que Clara tuvo una hija?

—¿¡Ella vive aquí!? —preguntó emocionado.

—No, estudia en el exterior.

—¿Cuántos años tiene? —me asaltó con la pregunta.

Recordaba su registro de nacimiento, así que hice un cálculo aproximado.

—Está en la mitad de sus dieciocho años.

—¡Entonces ella es mi hija! —afirmó con gran alegría—. Hace exactamente dieciocho años, tres meses, dos semanas y cuatro días que ella me abandonó. Haga la cuenta, Clara tenía tres meses de embarazo cuando se fue.

—Bueno sí, días más días menos, las fechas coinciden.

—¡Yo sé que es mi hija!

—Señor Bravo, usted puede demostrar que esa joven es su hija, y en ese caso puede recurrir ante la ley para recuperar su derecho a conocerla.

—¿Usted cree?

—Si lo que me cuenta es verdad, su esposa nunca estableció una separación legal con usted ni tampoco la custodia absoluta sobre su hija. Quiero decir, que usted nunca fue consultado.

—¡Así es! —afirmó con vehemencia.

—En ese caso le sugiero que hable con ella y trate de llegar a un acuerdo.

—Ya debe estar pensando en conseguirse a algún viudo o a otro ricachón que la mantenga.

—A lo mejor lo puedo ayudar.

—¿De veras? —me agarró el brazo con energía.

—Creo que sí.

—¿No me está tomando por el culo? —su mano se cerró con más fuerza.

—Escuche una cosa —contesté zafándome de su tenaza—: ¿usted cree que alguien que supuestamente abusó de una mujer quisiera ayudar al marido que lo quiere matar en venganza?

—No sé por qué habría de hacerlo —me miró incrédulo.

—Pues simplemente porque tengo formas de demostrárselo —me levanté para dar terminada la conversación.

—Vea señor, yo me siento muy mal con usted —expresó arrepentido—. Es que debe entender que al no saber de ella y enterarme de lo que le había sucedido...

—Lo que **no** sucedió, que quede claro —lo interrumpí.

—¡Bueno, pero es que a usted lo metieron en la cárcel! —replicó.

—¿¡Y es que acaso a la gente no la detienen mientras se comprueba su inocencia!?

—Comprenderá que cuando leí eso me ofusqué mucho —agachó la mirada—. Es demasiada la rabia que llevo por dentro y no sabía con quién desquitarme.

—Pues hizo muy mal.

—Perdóneme, se lo suplico.

—Primero va a tener que pedirle perdón a la dueña de este local, luego va a recomponer todo el desorden que causó y a pagar por los daños. Si no, lo denuncio a la policía, ¿entendió?

—Sí, sí, sí. Yo lo hago, no se preocupe.

El hombre se disculpó con Doña Talía y recompuso el desbarajuste, luego convino con ella el costo por las sillas y la mesa rota y le pagó de inmediato. A todas estas, varios curiosos habían entrado al local para averiguar qué había causado el alboroto y la anfitriona los recibió como si se tratara de espectadores.

–Damas y caballeros, el show ya terminó –anunció–, pero sigan no más, acomódense, aquí tengo pastelitos, empanadas y bebidas para la próxima función. Mientras tanto, yo les puedo dar tema para una buena tertulia –se acercó a atender a la gente, y al pasar por mi lado se guardó el dinero en el busto y susurró haciéndome un guiño–: De veras doctor, usted es mi mejor cliente.

La gente no dejaba de observarme y le preguntaba a la dueña qué había sucedido, por lo que ella comenzó a entretener a la concurrencia con pequeños adelantos aderezados con gestos dramáticos.

–A ver, ¿qué van a ordenar? –requirió–. Aquí nadie ve la obra sin pagar la entrada.

Cautivados por la promesa de una puesta en escena y la posibilidad de conocer acerca del juez recién salido de la cárcel, el auditorio fue creciendo en número y en consumo. Talía Galas, la diva del pueblo, volvía a encarnar un personaje: se movía como si bailara y con cada gesto brillaba extasiada, le subió el volumen a la música, se colocó un sombrero y un fular y me dio la impresión de que iba a representar la historia de mi demandante. Yo trataba de pasar desapercibido mientras organizaba mis papeles y en esas entró mi secretario a darme un recado. Vivas no entendía lo que estaba pasando y me tocó hacerle señas para que se acercara con discreción. No quería que hiciera su anuncio a los cuatros vientos, pues presentía que se trataba de Clara y no quería que el marido abandonado se enterara. En efecto, Vivas me dijo que la señora podía encontrarse conmigo en el cementerio justo antes del cierre. A esa hora nadie se acercaba a rendirle tributo a los muertos y me pareció una propuesta acertada. Además, me resultaba conveniente pedirle a mi "colega" sepulturero, Marco Hoyos, que nos dejara solos. Le comuniqué al señor Bravo que tendría que ausentarme y le prometí que pronto me encargaría de su caso, por lo cual le pedí a Talía que lo dejara esperar en el Café.

—Vaya no más, doctor —dijo ella—. Si este desaforado me rompe otra cosa me la paga —lo señaló con el dedo.

—No se preocupe, señora —aseguró él—. Yo me quedo aquí y no hago nada —hizo una pequeña pausa y luego le preguntó con ansiedad—: ¿Tiene algo de beber? Es que estoy muy nervioso.

—Ni crea que le voy a servir licor —le advirtió ella—. Para usted solo café. No voy a dejar que se le suban los tragos.

Me pareció adecuada la precaución.

—Es verdad —dije—. Para unos, el alcohol es como gasolina y para otros es un retardador que no los deja progresar.

Apenas acabé la frase descubrí que entre el público se asomaba Tomás Servino. Lo miré con desaprobación, pero él no se molestó y se abrió paso para hablar con la dueña.

—¿A qué viene si le dije que no le voy a servir más? —lo recibió ella tajantemente.

—Vine a pagarle —dijo él mirándome a mí también.

—¿Y eso? —preguntó Talía.

—Quiero empezar bien el año —explicó.

—¿Así está de borracho que no sabe que todavía faltan cuatro días? —se burló la dueña.

—Quiero empezar desde antes —dijo él y sacó unos cuantos billetes de su bolsillo—. Yo le hice una promesa al doctor Llano y quiero abonar algo a la deuda que tengo con usted.

—¡Doctor, usted sí que tiene buena espalda! —dijo ella agarrando los billetes y dándome una palmada en el hombro.

—¡Me parece excelente que haya decidido tomar la iniciativa! —lo felicité.

—Todo es gracias a usted —aseguró él.

—Los consejos caen en saco roto si no hay decisión y constancia —le recordé.

—Lo que usted dijo me puso a pensar mucho y bueno, quiero hacer las cosas bien —expresó convencido.

—¡Eso merece un brindis! —exclamó Talía.

—No sé si es una buena idea —objeté.

—¿Y es que no va a beber más? —preguntó ella.

—Sé que tengo que dominar el trago y no dejar que este me domine —respondió.

—Bueno, eso es verdad. De aquí me ha tocado sacarlo en muy mal estado —señaló la dueña.

—Eso no va a volver a pasar —afirmó Don Tomás—. Si bebo, beberé poco. ¿Puedo, doctor?

—Si es así, entonces le voy a dar dos recomendaciones como si fuera su abogado y su médico: solo se puede tomar dos cervezas. Eso es todo. Y usted, Doña Talía, no le sirve más que eso. ¿Estamos de acuerdo?

—Está bien —aceptó él.

—Como usted diga, doctor —me secundó la dueña—. Ya escuchó —le repitió al paciente—: Solo dos cervezas.

—Sí, sí —aceptó el rehabilitado.

—Y otra cosa: se las paga por adelantado.

—No hay problema. Aquí está la plata —se la entregó a la dueña.

—Doctor Llano —ella me abrazó mientras recibía el dinero—, usted y yo podríamos hacer muy buenos negocios.

—He hecho muchas cosas en mi vida y hasta ahora no he sido empresario teatral.

—Pues eso también le luce —dijo y se terminó de enrollar el fular para seguir con su espectáculo.

Llamé a mi secretario y le di instrucciones para que estuviera atento y le hiciera compañía al señor Bravo. Era importante que lo mantuviera ocupado mientras yo iba a hablar con Clara, así que le pedí no decirle nada acerca de mi misión. Me dirigí a la salida abriéndome paso con dificultad, pues la gente me detenía para preguntarme detalles sobre mi detención y la escandalosa demanda que pesaba sobre mí.

—¡No se preocupen! —Talía se dirigió a la audiencia—. El doctor Llano volverá dentro de poco, ¿no es así? —me preguntó dándolo por hecho.

—Así es, regresaré en un rato —dije y todos empezaron a abrirme camino.

—¡Yo los mantendré al tanto! —anunció a la concurrencia—. Hay mucho más de la historia que ustedes no se imaginan —afirmó la actriz y de inmediato adoptó la parte que iba a interpretar.

Tomé el auto y me dirigí al cementerio. Quería llegar antes de la cita para informarle a mi amigo sepulturero lo que estaba por ocurrir, pero no lo encontré. Supuse que el encuentro con Clara debía ser en la tumba de Don Inocencio. *«¿Qué otro lugar teníamos en común?», pensé.* Hacia allá me dirigí tratando de organizar mis ideas. Tenía que revelarle a mi demandante la existencia del auténtico testamento y convencerla para que desistiera de presentar uno nuevo, mencionaría a algunos de los beneficiarios, aunque sin entrar en detalles, y trataría de manejar con cuidado el tema de su hija y de su abandonado esposo. *«Sea lo que sea, aquí voy a enterrar este lío», me dije.*

Me dispuse a esperarla y no tardó mucho en llegar. Apareció de la nada y casi no la distingo, pues venía de negro, con el mismo atuendo que usó en el funeral.

—Doctor Llano —saludó al acercarse.

—Buenas, señora Clara.

—Su secretario me dijo que tenía cosas muy importantes que decirme —dijo con denotado énfasis.

—Son varias cosas, de hecho.

—Espero que haya tenido un buen período de reflexión en esta Navidad —acentuó sin contemplaciones.

—Sí, estuve pensando mucho en lo que pasó.

—Muy bien, entonces me imagino que cambió de opinión —señaló.

—Más bien, quiero proponerle algo que beneficiará a ambos.

—¿Y cómo es eso? —me miró con recelo.

—A ninguno de los dos nos conviene meternos en problemas con la justicia. Tenga en cuenta que, si nos vamos a un juicio, a mí me pueden lapidar o exonerar, pero usted será blanco de una investigación.

—Pensé que eso estaba claro desde un inicio, pero como a usted le dio por dárselas de muy valiente.

—Creo más bien que le hice un favor.

—¡No me diga! ¿¡De manera que ahora soy yo la que le debe a usted!?

—Para su información, yo no he dicho nada a las autoridades acerca de su chantaje, así que todavía está a tiempo de salvar el pellejo.

—Creo que, de los dos, el que más saldría perdiendo es usted.

—Entienda que si un juicio avanza yo tendría que acusarla también y su denuncia quedaría en entredicho.

—¿Y a quién le van a creer más? ¿A un tipo obsesionado y abusador o a una viuda ultrajada?

—Yo no estaría tan seguro. Hay formas de verificar que esa firma no es la de Inocencio.

—Nadie tendría porqué enterarse. No entiendo qué le costaba hacer ese pequeño trabajo que le pedí.

—Mi puesto y mi conciencia. ¿Le parece poco? Pero, además, ese no fue el motivo, señora Clara. Su testamento es inaplicable.

—¿Y por qué?

—Porque existe otro.

—¿¡Cómo!?

—Así como lo oye. En mi poder tengo un documento de puño y letra de Don Inocencio en el que le deja a usted y a su hija la casa, aparte de otros bienes.

—¿De dónde lo sacó? —se acercó amenazante.

—Pierda cuidado. No lo tengo aquí conmigo.

—¡Eso es mentira! Inocencio no hizo ningún testamento. Por eso tuve que hacer uno para que no se perdieran sus cosas.

—Pues hizo uno y fue poco antes de morir. Yo mandé a pedir las correspondientes certificaciones y es auténtico. ¿Si ve, señora? Esos días en la cárcel me sirvieron para muchas cosas.

—No le creo. ¡Muéstrelo!

—Está en un lugar seguro, pero no se preocupe. Ya tendrá la oportunidad de conocerlo.

—Eso es una patraña, ¿pero sabe qué? No me importa. ¡Yo puedo hacer otro hasta del mismo día en que se murió!

—Se va a complicar la vida. Tengo una copia del suyo. Imagínese, ¿cómo va a explicar todos esos testamentos?

—No seré yo, eso lo puede hacer un buen abogado.

—Señora, yo entiendo que quiera quedarse con todo lo que dejó Don Inocencio, pero esa no fue la voluntad de él. Están, por ejemplo, los trabajadores de la finca. Gracias a ellos ustedes pudieron disfrutar de las ganancias que producía ese negocio, y junto a ellos hay otras personas que él quiso beneficiar.

—Ese era el problema de él, que quería regalarlo todo.

—Pero eran las cosas de él y no las suyas.

—Yo era su esposa y todo lo de él me corresponde —afirmó con contundencia.

—Vamos por partes: usted era su concubina.

—¡Cómo se atreve!

—Eso es lo que era, señora Clara. Usted nunca estuvo casada con él.

—¿Y le parece poco casi veinte años?

—**Vivía** con él que es distinto. Aunque legalmente usted tiene unas prerrogativas, así mismo, de forma oficial no era su esposa.

−¡Claro que lo era! −rebatió con ahínco.

−En últimas, Don Inocencio le hizo un favor al no casarse con usted.

−¿Qué es esto? ¿Ahora resulta que le debo favores a todo el mundo?

−Si él se hubiera casado con usted ahora mismo yo podría acusarla de bígama.

−¿Qué dice? −me miró como si no supiera de lo que hablaba.

−Así como lo oye: Clara Machado de Bravo −le solté el nombre haciendo énfasis en los apellidos.

Ella se echó para atrás como si hubiera visto un toro a punto de embestirla y yo aproveché para dejarla sin capote.

−Su pasado saldrá a la luz, a menos que quiera dejar las cosas como están.

Ella retomó fuerzas y se defendió, aunque visiblemente herida.

−¡Mi pasado no existe! Por algo lo dejé atrás. Usted no tiene idea de lo que eso significa y no tiene ningún derecho a desenterrarlo.

−Lo siento señora, pero yo no lo desenterré. Su pasado existe, aunque quiera ocultarlo.

−¡Nada me ata a ese pasado! −me gritó en la cara.

−Creo que Libertad, su hija, es la prueba de que ese pasado tiene un presente.

Ella me señaló con ganas de pulverizarme.

−¡No se meta con mi hija! ¡Se lo advierto!

—Para nada quiero meterme con ella. Solo la traigo a colación, porque hay cosas que usted deberá explicar si continúa con su plan.

—No tengo porqué dar explicaciones. Inocencio es su papá y así se va a quedar.

—Sin duda que para Inocencio ella fue su hija, aunque no fuera el verdadero padre —mi afirmación no admitía dudas.

Ella quiso refutar, pero se dio cuenta de que no podía negarlo.

—Ya le dije que yo corté con mi pasado —replicó—. Nadie me puede juzgar por haber hecho lo mejor para mí y para mi hija —recalcó con resentimiento—. Ustedes los hombres no tienen idea de lo que es vivir con un marido abusivo, violento, capaz de hacerte daño, incluso de matarte.

—Es cierto, generalmente los hombres no tienen que defenderse de sus esposas, pero hay esposas que se "deshacen" de sus maridos —dije con el ánimo de cuestionar la muerte de Don Inocencio.

Ella ni siquiera se dio por aludida y siguió encendida con su descarga.

—Para ustedes y para los que nunca han estado casados como el maldito cura de este pueblo, es muy fácil decir que una es la mala de la película. Si no te tratan de puta o interesada, te dicen mantenida, pecadora o como usted me llamó: concubina.

—Yo solo usé un término legal. No insinuaba nada distinto a su relación con Inocencio.

194

—Usted al menos me dio el pésame, no como el cura desgraciado que ni siquiera se dignó a venir al funeral. ¡Qué hipocresía! ¡Para recibir dinero, ahí sí estaba prontito! Cuando era cuestión de plata, Inocencio no era un hombre que "vivía en pecado". ¡En cambio yo sí era la puta del paseo!

—Entiendo su enojo…

—¡Qué va a entender! —me interrumpió—. Usted no tiene hijos. Vea: cuando una madre siente que su vida corre peligro no le importa irse a vivir con su hijo debajo de un puente. Eso mismo estuve dispuesta a hacer para escapar de un marido que un día decía que me amaba y al otro me quería matar.

—¿Y por eso quiso tener a su hija lejos de él?

—Por eso, y porque no quería que ella tuviera ese modelo de padre. Yo sé lo que eso significa porque mi padre fue un déspota con mi madre y conmigo, pero yo al menos no hice lo que muchas mujeres hacen, que se quedan viviendo con el marido por apariencia, solo porque tienen hijos y prefieren aguantar el abuso para que no les falte el sustento, ¿pero cuál sustento?, pregunto yo, ¿el sustento de golpes? Por eso tuve que salir de esa situación, dejé todo atrás y me prometí que no iba a ser una de esas; me dije que tenía que encontrar a un hombre bueno, pacífico, que me brindara seguridad y fuera un ejemplo para mi hija.

—¿Y así fue como encontró a Don Inocencio?

—Que quede claro que fue él quien me encontró —se defendió—. Cuando dejé a ese hombre no elegí un lugar adónde ir. Tenía poco dinero, solo llevaba mis joyas y a mi hija en el vientre. Sabía que podía sobrevivir por un tiempo y estaba decidida a encontrar un trabajo antes de que la barriga se me notara. Tomé un bus sin saber su ruta y recuerdo que el viaje duró muchas horas, dormía a intervalos, y cada vez que despertaba no sabía por dónde iba hasta que en una parada me bajé. Eso fue aquí, en El Matoyal. Luego de estirar las piernas sentí que este lugar era como un oasis perdido y que aquí nunca nadie me iba a encontrar. Le pedí mi maleta al conductor y así fue como me quedé.

—¿Y eso la hizo quedarse?

—Eso y el hecho de que Inocencio me brindó ayuda.

—¿Cómo fue eso?

—Yo no quería dar explicaciones a la gente y trataba de pasar desapercibida. Alquilé una pieza en unas residencias que había cerca de aquí del cementerio, por donde estaban los aserraderos, y todos los días venía al pueblo a buscar trabajo. Se me estaba acabando el dinero y me iba a tocar que vender mis joyas. Un día estaba sentada en la plaza comiendo algo y eso le llamó la atención a Inocencio, pues enseguida se acercó y me preguntó por qué almorzaba fuera de mi casa. Yo le dije que no tenía un lugar fijo, que estaba buscando trabajo y ahí comenzamos a hablar. No le había contado a nadie lo de mi situación y él me pareció una persona amable, pero sobre todo discreto, así que sentí que podía desahogarme con él. Ese mismo día me llevó a su casa y me ofreció ayuda para encontrar un empleo. Yo no le dije nada sobre mi embarazo porque temía que se fuera a echar para atrás, pues por más que te quieran ayudar, un bebé asusta y es visto como una carga. Él me dijo que me encontraría algo que hacer, así que mientras me buscaba un trabajo, empecé a arreglar un poco la casa. Inocencio vivía cómodamente, pero las cosas que tenía no combinaban entre sí. Había muebles y adornos que prácticamente no había estrenado ni colgado. Se notaba la falta de una mujer en su vida y creo que yo le hice sentir esa ausencia aún más. Él se dio cuenta de que yo no era una mujer de fincas ni de trabajo pesado, y al ver que tenía gusto por la decoración, me contrató para que le hiciera una renovación a la casa. Él se sintió muy agradecido. Me dijo que nunca había imaginado que pudiera verse tan bonita. Poco después, le dije que estaba embarazada y que tendría que buscarme cómo ganarme la vida. Él me aseguró que ya encontraríamos una solución.

—¿Y cuál fue esa solución? ¿Quedarse a vivir con él?

—Eso me lo propuso él —volvió a rebatir—. Sin querer, establecimos una relación como si fuéramos una pareja. Él se iba a la finca y yo me encargaba de arreglar la casa, comprar algunas cosas y tenerle la cena cuando él llegaba. La compañía le sentó bien, se le veía más a gusto y a mí me daba tranquilidad saber que aquel hombre jamás me haría daño. El hecho de vernos todos los días nos acercó y cuando le dije que no se preocupara, que daría el bebé en adopción, él se negó rotundamente. Me dijo que no lo iba a permitir y que él sería su padre. Cuando Titina nació, él me atendió como una reina, me consiguió una niñera y me propuso que me quedara y que me ayudaría abrir la boutique.

—Y usted, me imagino, lo vio como una conveniencia.

—Sé lo que está pensando porque muchos me han hecho las mismas preguntas: ¿qué cómo me quedé a vivir con él si era tan distinto a mí?, ¿qué por qué yo, siendo una mujer tan refinada, me había metido con un hombre del campo?, ¿que si yo lo quería o si quería su dinero? Nadie sabe lo de nadie —expresó disgustada.

—Eso es cierto y supongo que le importa poco el modo en que la vean, pero le aseguro que, si pretende continuar con su plan, pocos entenderán sus motivos. Terminará, sin lugar a duda, como la mala de la película.

—¡Me vale!

—Clara, déjeme decirle que no va a salir bien librada. Yo no tengo nada que perder: como usted dice, no tengo hijos, no tengo esposa, puedo cambiar de trabajo, en cambio usted tendría muchas cosas qué explicar. Entienda que podría ir a la cárcel. Su panorama es más delicado que el mío.

—¡No voy a renunciar a lo que me ha costado tanto!

—Piénselo bien. Inocencio le dejó la casa y la boutique, aparte de dinero. Con eso usted puede rehacer su vida, lejos de aquí si lo prefiere.

—Olvídelo. Me conseguiré a un abogado con más huevos para que me ayude.

—En ese caso y dado que mis consejos no le sirven de nada, déjeme recomendarle a alguien que sí la puede ayudar a tomar la mejor decisión —dije y enseguida envié un mensaje con mi teléfono.

—¿Qué hace?

—A partir de ahora paso a representar a los beneficiarios del verdadero testamento.

—No habla en serio…

—Le juro aquí mismo, delante de la tumba de Don Inocencio, que haré cumplir su última voluntad —declaré.

—Ese testamento que usted dice tener puede ser impugnado porque mi hija y yo somos las legítimas beneficiarias. Usted no es el único abogado con quien he hablado.

—Lo imagino. En todo caso le puedo asegurar que el testamento que poseo no solo es auténtico, sino que demuestra las verdaderas intenciones del difunto —recalqué—. Dígame: ¿cómo usted o su abogado van a explicar que Don Inocencio detalló a mano todo lo que él quería y que, de un momento a otro, cambió de opinión valiéndose de un formato frío e inexpresivo? ¿Cómo van a decir que todo lo que él escribió con tanto cariño y agradecimiento para cada una de las personas que incluyó en su última voluntad, dejó de importarle repentinamente? Cuando esas personas se enteren, serán ellas las que impugnarán cualquier documento que usted decida presentar.

—No tienen porqué saberlo —dijo y metió la mano en su bolso.

Al inicio no distinguí lo que había extraído porque su cartera era tan negra como sus guantes.

—Se van a enterar de todos modos porque, aparte de mí, hay otras personas que conocen ese testamento —continué la conversación ignorando que ella me apuntaba con una pistola.

—Esto se acaba aquí —dijo levantando el arma.

Yo quedé frío. No pensé que ella fuera a ser capaz de un acto tan desesperado, pero su obsesión la estaba llevando a un límite demasiado peligroso para mí.

—¿Qué hace? —traté de disuadirla.

—¡Estoy harta de sus artimañas! Usted no se va a atravesar más en mi camino, ¿me entendió?

—¡Espere! ¿Qué piensa hacer?

—Le voy a poner punto final a esto.

—¿¡Me va a matar aquí mismo!? —pregunté atónito.

—Pues ya que estamos aquí nos podemos ahorrar el funeral, ¿no cree? —expresó con ironía apuntando hacia la tumba y de nuevo a mi frente.

—No sea ridícula. El sepulturero y mi secretario saben dónde estamos —la quise amedrentar.

—¿Me cree estúpida? Ahora me sirve vivo.

—Eso no es una garantía. A usted parece que le sirve más la gente muerta que viva —traté de ofuscarla para ganar tiempo.

Ella se quedó perpleja, pero enseguida levantó el cañón de modo más intimidante.

—¿¡Qué está queriendo decir!?

—Que la justicia siempre está a un paso de la verdad —dije.

—¡Usted y sus refranes de pacotilla! La vida es injusta y la justicia de los hombres no puede ser la vara con la cual se mide a todo el mundo.

—¿Entonces qué, Doña Clara? ¿Nos matamos entre todos y nadie responde por nuestros actos?

—Usted es tan "correcto" que por eso es tan tonto. Entienda que me sirve vivo para que me entregue el bendito testamento del que habla. ¡Veamos qué tan cierto es!

—Ya le dije que no lo tengo aquí.

—Por eso mismo, vamos caminando y me lleva adonde está. Le advierto que no estoy para juegos.

—No me cabe duda —miré la pistola.

—Vamos, pues. ¿¡Dónde lo tiene!?

Había guardado el documento en la guantera de mi coche y procuraba ganar tiempo antes de llegar a él. No quería decírselo porque no imaginaba qué podía hacer ella una vez se lo entregara. Confiaba en que no me mataría a la entrada del cementerio, pero al mismo tiempo no quería tentar su gatillo. Caminamos hacia la salida y al pasar por el corredor de los osarios creí leer mi nombre en una de las lápidas, fue como un presentimiento de que mis huesos podían terminar en uno de esos nichos. Trataba de andar despacio, pero ella me empujó con el cañón del arma.

—Vamos que tengo prisa y usted no quiere verme afanada.

—¿Y qué va a hacer cuando se lo entregue? —pregunté para saber a qué me atenía.

—¿Qué le importa?

—¿Me va a acallar por completo?

—Si se las da de valiente le puede ir peor.

—No pensé que usted iba a llegar a este extremo.

—Es culpa suya, doctor. Si hubiera hecho las cosas como le pedí a esta hora todos estaríamos tranquilos. Ni siquiera hubiéramos tenido que cruzarnos las caras de nuevo.

—Creo que la culpa fue suya al querer utilizarme. Quizás le hubiera ido mejor con otro menos "correcto" que yo.

—En eso tiene razón. Nunca he tenido suerte con los hombres, ni con los buenos ni con los malos.

—¿No será al revés? ¿Que los hombres no han tenido suerte con usted?

—¡Mire quién habla! ¡El solterón del pueblo!

—Hace mucho tiempo que dejé de preocuparme por eso.

—Se nota. ¿Quién se va a fijar en un tipo tan aburrido como usted?

—Tiene sus ventajas. No se me acercan las frívolas.

—Es una pena, doctor. Usted no es un mal hombre, y hasta con un poco de arreglo se vería bien.

–Gracias, viniendo de la dueña de una boutique lo considero un cumplido.

–Pues quién sabe adónde hubiera podido llegar con mis consejos. Le habría hecho la vida más fácil con todo lo que me dejó Inocencio.

–Yo no hubiera tocado nada. Lo considero un mal karma.

–¿Un qué? –preguntó sorprendida.

–¿No sabe lo que es karma? Es el principio de causa y efecto –expliqué–. Para muchos se trata de las recompensas y consecuencias que recibimos en esta vida por nuestras acciones o pensamientos o por lo que hicimos en vidas pasadas.

–¿Si ve por qué le digo que a veces suena como un cura? –soltó una risotada.

–Hay una gran diferencia –objeté–. Los curas no practican el budismo ni el hinduismo y tampoco creen en la reencarnación. Lo de ellos se resume a decir que habrá un Cielo y un juicio final.

–Todos son unos charlatanes porque nadie sabe nada. Pero le creo más a usted. Por lo menos no esconde lo que piensa.

–No siempre digo todo lo que pienso, aunque sí trato de actuar de acuerdo con lo que me dicta mi conciencia.

–Pues ojalá y sus actos de conciencia le produzcan una buena recompensa. Si eso lo hace feliz…

–Al menos duermo tranquilo.

—Yo también duermo tranquila cuando tengo solucionada mi vida. A diferencia de usted, yo prefiero mi felicidad de inmediato. Nada me garantiza que esperando y haciendo obras de caridad me van a llegar las recompensas.

—Todo lo que hacemos trae consecuencias.

—¡Ay ya! ¡No me venga con eso! ¡Como si usted fuera un santo!

—Para nada. De hecho, quizás esté pagando ahora por mis errores del pasado.

—Que quede claro que yo no le estoy cobrando ninguno de esos. Solo me estoy encargando de su error más reciente.

—Bueno, supongo entonces que eso sería un karma instantáneo.

—Prefiero llamarla "justicia inmediata". Eso de que algún día alguien va a pagar por lo que me han hecho o que cuando esa persona se muera va a tener que responder en un juicio, esas tonterías no van conmigo. ¿Quién me lo garantiza? No hay mejor cobranza que la que uno hace.

—Me sorprende que no esté metida en la mafia.

—La única mafia que me gusta es la italiana. Al menos todos se vestían bien, pero eso solo se ve en las películas. Los mafiosos de hoy en día son unos zarrapastrosos venidos a más, sin gusto alguno, burdos y groseros.

—Están los de cuello blanco y esos son más peligrosos que los que andan armados —agregué.

—¡Ja! Y esos mismos tienen abogados que los defienden. ¿Si ve, doctor? La justicia es de quien la aplica.

Sus argumentos eran tan crudos y contundentes que era difícil no encontrarles la razón. Callado, continué hasta la salida. No había rastros del sepulturero. Quizás se había ido y esperaba que yo cerrara la verja como en otras ocasiones. Eso hice y nos dirigimos hacia donde estaba mi auto. Todo estaba oscuro y me entró el nerviosismo. Había llegado el momento de decirle dónde tenía el testamento.

—Bueno, doctor. ¿A dónde vamos ahora?

—Vamos en mi auto —le indiqué.

—Esta vez no va a haber enredos. Si quiere que le levante los cargos, esta será su última oportunidad —me advirtió.

Llegamos a mi coche y en el momento en que nos disponíamos a abordarlo, escuchamos el ruido de un motor que se acercaba. Poco a poco se hizo evidente que se trataba de una motocicleta; la vimos dejar la carretera y dirigirse hacia donde estábamos, se detuvo a pocos metros de distancia y su luz nos encandiló. De inmediato, Clara me ordenó que me subiera al coche y ella se dispuso a abordarlo cuando una voz la llamó por su nombre. Ella no podía ver de quién se trataba porque la luz la cegaba, pero a medida que la voz se acercaba distinguimos la silueta de un hombre que caminaba hacia ella.

—¡Clara! Soy yo, Plácido.

Ella apuntó el arma contra él.

—¿¡Qué es esto!? ¿¡Una broma!? —exclamó desconcertada y luego dirigió la pistola hacia mí.

—¡Tranquila! —dije—. Nada va a pasar.

—¿Quién es usted? —volvió a apuntarle a la silueta que se aproximaba.

—Mi amor, soy yo, Plácido —dijo el hombre.

—¡Quieto! ¡No se mueva!

—Tesoro, no te preocupes por todo lo que pasó. Yo lo entiendo. Lo importante es que podamos hablar, ¿sí?

—¡Quédese ahí! —amenazó.

—¿Qué haces con esa arma, cariño? —preguntó Plácido tratando de llegar hasta ella.

—¡¡Que se quede quieto le digo!! —esta vez su advertencia sonó más convincente.

Entre tanto, mi secretario, quien era el que había conducido la moto, se bajó de ella y comenzó a hacerse a un lado, evitando quedar frente a la pistola.

—Como que llegamos en mal momento, ¿me parece, doctor? —comentó.

—Todo lo contrario. Llegaron a tiempo.

Clara se dio cuenta entonces de que el mensaje que yo había enviado había sido para mi secretario, pero aún no estaba segura de que el otro hombre era en realidad su abandonado esposo.

—No voy a caer en su trampa —nos dijo—. Usted, métase en el carro —me ordenó— y ustedes dos, ¡al suelo! —les apuntó.

Yo entré en el auto, pero cuando ella quiso abrir la puerta para subirse, Plácido se le echó encima y empezaron a forcejear. Enseguida salí del coche con la intención de ayudarlo al tiempo que mi secretario saltaba de un lugar a otro tratando de ponerse lejos del alcance del arma. En medio de la lucha se escuchó un disparo y un grito desgarrador. Todos nos quedamos quietos a la espera de saber si alguien había resultado herido, y lo que vimos fue que la luz de la moto se fue al piso con todo y máquina.

—¡Mi moto! —gritó Vivas—. ¡Le dieron a mi moto! —corrió alrededor de ella como si quisiera auxiliarla.

La distracción le permitió a Plácido quitarle el arma a Clara y yo me apresuré a pedírsela. No quería que una discusión entre ellos terminara en algo peor.

—Todo está bien, mi vida. Ya pasó —le dijo Plácido a su esposa mientras la abrazaba.

Ella entró en un estado de conmoción y podía darme cuenta de que la asaltaban diversas realidades. Parecía no entender que, en efecto, Plácido la sostenía, lo veía como un extraño y cuando lo reconocía trataba de apartarlo; miraba a su alrededor y recordaba porqué estaba allí; se fijaba en mí y en sus ojos volvía a aflorar el deseo de obtener el testamento; entre tanto, Vivas estaba más preocupado por su moto que por otra cosa y sus quejas la confundían aún más.

Su plan se había venido abajo, pero no se daba por vencida, se sacudió del abrazo de Plácido y nos miró a todos como una fiera arrinconada. Guardé la pistola en mi saco para evitar cualquier arrebato y traté de apaciguarla.

–Clara, no vale la pena continuar con esto. Usted dijo que todo terminaba aquí. Para mí también. Podemos hacerlo sin complicar más las cosas.

–Mi vida... –Plácido trató decirle algo, pero la mirada de gata enfurecida lo frenó.

El hombre estaba contento de verla y no comprendía el trasfondo de la escena. Pensaba que yo lo había hecho llamar para sorprenderlo, lo cual era cierto, pero ignoraba que a quién buscaba sorprender era a Clara. Para Plácido era comprensible la ofuscación de su esposa al verlo otra vez, de modo que debió imaginar que ella me había amenazado con la pistola al enterarse de que yo había forzado el encuentro.

–Sé que no te esperabas esto, mi cielo –le suplicaba–, pero si no hubiera sido por este señor, no te hubiera encontrado. Te ruego que me des una oportunidad. He sufrido mucho por tu ausencia y yo he aceptado este sufrimiento porque no fui un buen esposo, pero debes comprender que te busqué siempre, por todas partes, creía verte en cuanta mujer se parecía a ti y casi me vuelvo loco; yo sé que puede ser difícil entender muchas cosas y no te pido que me perdones, solo quiero que me des la oportunidad de demostrarte que he cambiado, que no soy el mismo, además, me he dado cuenta de que soy papá y no sabes lo contento que me pone, estoy seguro que también puedo ser un buen padre para nuestra hija, Libertad.

—¡¡¡No!!! —el desgarrador bramido de Clara nos sacudió—. ¿Por qué Dios mío? ¿¡¡Por qué!!? —le gritó al cielo.

Ella se apoyó sobre el techo del auto y hundió la cara entre sus manos. Alcanzamos a escuchar sollozos entrecortados por palabras y Plácido quiso acercársele para consolarla, pero yo lo disuadí. Era mejor que ella se desahogara sola.

Vivas, Plácido y yo decidimos esperar la siguiente movida hasta que Clara nos sorprendió a todos: se dio vuelta, se compuso un poco, ni siquiera nos miró y empezó a caminar.

—¡Clara! ¡Clara! —la llamó el esposo al ver que comenzaba a alejarse.

Ella no respondió, continuó caminando hasta que las sombras engulleron por completo su traje negro.

—¡Clara! ¡No me hagas esto! ¡Espera! —Plácido se fue detrás de ella y la noche también se lo tragó.

Mi secretario y yo nos quedamos tratando de escuchar si se presentaba alguna discusión entre ellos, dispuestos a intervenir por si la cosa pasaba a mayores, pero ante el silencio creímos que se habían alejado por completo. De pronto, oímos el sonido de las llantas de un vehículo sobre el terreno pedregoso, y poco después la camioneta plateada de Clara pasó rauda frente a nosotros.

A Clara y su esposo no los volví a ver en el pueblo. Ella tampoco me pidió de vuelta la pistola y la verdad no quise hacérsela llegar. A lo mejor con ello evité una tragedia, imaginé.

Esa noche me tocó remolcar a mi secretario. La bala había perforado el tanque de gasolina y había dañado algún circuito, de modo que solo podía rodar y frenar. Me sentí responsable por el daño y le prometí que cubriría el arreglo.

A los pocos días recibí una llamada del abogado de Clara para comunicarme que los cargos contra mí habían sido retirados. Así mismo, me dijo que él se encargaría de representarla en lo concerniente al testamento de Don Inocencio que yo tenía en mi poder. Debido a que estaba por finalizar el año, nos pusimos una cita para la primera semana de enero. Parecía mentira. Finalmente, iba a tener motivos para celebrar.

Por esos días, además de los preparativos para despedir el año, El Matoyal hervía a punta de chismes y comentarios acerca de mi caso. La gente se acercaba para felicitarme por "haber quedado absuelto" y preguntarme qué había pasado con Clara. Yo les respondía a todos lo mismo: que no sabía. Esto dio pie a Talía Galas para mantener a la audiencia pendiente del espectáculo que brindaba en el Café, y en el que representaba, a la vez, a Clara, a su marido y a este servidor. La noche del 31 fui a ver la función y comprobé que la actriz había recibido ayuda de un apuntador muy cercano: Vivas. De lo contrario, ella no habría podido conocer detalles embarazosos de mi supuesta violación y mi estadía en la cárcel y, sobre todo, del dramático encuentro con Clara y su esposo en el cementerio. Por otro lado, como Talía había conocido a Plácido cuando este por poco desbarata el Café, adaptó el incidente para efectos teatrales agregándole tintes de pandemónium.

Talía usaba su maniquí para convertirlo en alguno de los personajes y tomaba turnos para hablarle y hacer voces según el rol que interpretaba. Cuando representaba a Clara, el público estallaba en abucheos o piropos según como actuara, si lo hacía como una fría calculadora o una implacable seductora. También escenificaba el pacto entre Don Tomás y yo, con lo cual el público gozaba con el personaje del borrachín y aplaudía su acto de rehabilitación. Pero las mayores risas las obtenía cuando me interpretaba. El maniquí se convertía en Clara y entonces Talía se colocaba un saco, una corbata desajustada e imitaba a la perfección mi modo de caminar, mis gestos y movimiento de manos, en especial, mis esfuerzos por peinarme, lo cual divertía un montón a la audiencia.

El espectáculo le dio vida al pueblo. Aquel evento cultural logró desplazar el tedio que consumía a los matoyenses y les brindó la oportunidad de tertuliar, así fuera para alimentar la comidilla. Los que salimos de la función esa noche nos congregamos en la plaza para despedir el año. Quienes no habían asistido a las presentaciones anteriores preguntaban sobre los nuevos detalles de la obra, dado que en cada función la multifacética artista agregaba "revelaciones" para mantener la atención del público y obligar a la gente a pagar la entrada. Al comparar lo que vi en escena con lo que me contaron los otros asistentes, me sorprendió la variedad de matices y la facultad de Talía para convertir simples anécdotas en jugosas historias.

El ambiente era festivo como era de esperarse. El licor y el baile contribuían a la euforia, entre tanto, los niños correteaban y preguntaban a todo momento si ya era hora de lanzar la pólvora y encender el Año Viejo. Cualquiera que llegara en ese momento a El Matoyal pensaría que aquel lugar era un dechado de paz y felicidad, pero pronto se hubiera llevado una detonante sorpresa como, en efecto, nos sucedió a todos.

Llegado el momento de despedir el año, la gente se unió a la cuenta regresiva como si con ella se fueran a terminar todos sus problemas y frustraciones. El anhelo no era de dicha sino de desesperación, y cuando dieron las doce, el estallido de la pólvora transformó a los participantes en frenéticos justicieros; como hienas alrededor de su presa varios se lanzaron a encender el muñeco de trapo y este no tardó en arrojar cohetes y bengalas por todas partes; las explosiones hicieron saltar de su interior chispas y candela, y en menos de un minuto el Año Viejo quedó envuelto en llamas. La escena era cuasi dantesca. Algunos le arrojaban piedras, palos, gasolina y licor al muñeco, mientras otros saltaban y festejaban como si estuvieran quemando a una bruja. El ruido de los petardos era ensordecedor y en medio de aquella batahola la cabeza del monigote se desprendió, con lo cual los presentes emitieron un rugido tan espeluznante que me dio escalofrío. Sin embargo, mayor fue el estremecimiento cuando una poderosa explosión retumbó en la distancia acallando por completo el alboroto. Hasta la pólvora dejó de estallar. Algunos buscapiés salieron tímidamente a ponerse a salvo y todos quedamos preguntándonos qué había pasado. Podíamos ver un humo gris que se alzaba hacia el cielo, pero no se nos ocurría de dónde podía provenir, ya que no había fábricas ni grandes depósitos alrededor, a tal punto que alguno se aventuró a decir que había caído un avión.

Mientras nos organizábamos y juntábamos algunos voluntarios para ir a averiguar, escuchamos unos gritos desaforados que se acercaban a la par del galope de un caballo. De repente, por un extremo de la plaza apareció Don Agamenón a lomo de un corcel, fuera de sí y lanzando improperios.

—¡Ahí tienen su puente de mierda! ¡Vayan, úsenlo a ver si pueden! —vociferó a todo pulmón.

—¡Agamenón! ¿¡Que pasó!? —le preguntaba la gente tratando de controlar al caballo.

—¡Ahí quedaron los pedacitos! ¡Vayan a ver si pueden usarlo ahora! ¡Vayan! ¡Vayan a ver! —les gritó.

—¿¡Qué le pasó al puente!? —insistía la muchedumbre.

—¡No les quedó ni el recuerdo! —se rio con cara de loco.

Entonces los más audaces lograron detener al caballo y bajaron al jinete a tirones. Agamenón seguía riendo mientras lo zarandeaban y le preguntaban qué había pasado.

—¿¡Qué le sucedió al puente!? —lo interrogaban.

El hombre solo se limitaba a reír y a decir que fueran a verlo, pero no fue necesario; en medio de la confusión escuchamos la voz de unos niños que venían corriendo.

—¡Volaron el puente! ¡Volaron el puente! —nos dejaron saber.

En ese momento a todos nos quedó claro que Don Agamenón había cumplido su promesa.

Ese año, pues, comenzó con malas noticias para él y para quienes utilizaban esa vía. La destrucción del puente acarreó inconvenientes y retrasos a mucha gente, y al perpetrador, una condena, la cual tuvo que pagar en la cárcel regional. A esto se le sumó una multa y las pérdidas económicas que sufrió por el tiempo que no pudo trabajar en su finca. Paradójicamente, aquel acto desesperado trajo un beneficio para El Matoyal, ya que el gobierno decidió expropiar parte del terreno e instalar un nuevo cruce, más amplio y con mejor acceso a la carretera.

Yo no estuve allí cuando comenzaron las obras ni cuando inauguraron el puente tres años después. Luego de la ejecución del testamento, pedí un año sabático durante el cual me dediqué a revisar mi vida y a continuar con la escritura de la novela que llevaba por años estancada. Me di cuenta de que podía seguir sirviendo a la comunidad de forma independiente, así que al terminar mis vacaciones renuncié a la judicatura y me fui a vivir a Puerto Real, cerca al mar. Allí me interesé en proyectos comunitarios con energía solar y comencé una nueva etapa como consultor legal e instructor de oratoria.

La repartición de los bienes de Don Inocencio se llevó a cabo y Clara no puso objeciones al testamento; junto con su hija heredaron la casa, la boutique y una buena cantidad de dinero. Los trabajadores de la finca pasaron a ser los dueños del terreno, del ganado y otros animales, al igual que de los equipos de producción, y para administrar los nuevos bienes, sus familias formaron una cooperativa. Algunas personas de El Matoyal y los alrededores recibieron dinero, entre ellas, Doña Benigna; la escuela también recibió una donación y el cura no figuró. Sospecho que Inocencio consideró que ya le había dado lo suficiente en vida.

A Esperanza le dejó el dinero de una cuenta de ahorros que no había tocado por años, además de un certificado de depósito, y dispuso de varias cabezas de ganado para el orfanato, cuya rentabilidad debía ser garantizada por los trabajadores de su finca. Antes de morir, Inocencio había hecho un contrato de abastecimiento con diversos agricultores para que no les faltara comida a los huérfanos y previó que, una vez expirara ese acuerdo, los ahorros que administraría Esperanza y los dividendos de aquel ganado servirían para extender los fondos y cubrir las necesidades del centro.

Luego averigüé que Esperanza le había cambiado el nombre al orfanato para llamarlo "Hogar de Inocentes", y que el lugar donde eran atendidos los recién nacidos pasó a llamarse "Sala Inocencio Cabal". Así mismo, para quienes no sabían quién era él, en una de las paredes del vestíbulo ella colgó una foto grande del benefactor.

De Don Tomás Servino supe que dejó de ser esclavo del vino y que se había postulado a la alcaldía del pueblo. No sé si fue una decisión espontánea nacida de un clamor popular o una convicción propia o si fueron ambas cosas; el hecho es que, como muchos lo conocían, terminó ganando las elecciones ese año. A él le tocó la inauguración del puente y a él se le ocurrió la idea de bautizarlo "El Deseo". Desconozco qué lo motivó, sin embargo, me pareció que el nombre reflejaba muy bien la voluntad de quien había decidido recomponer su vida y el anhelo de quienes querían cruzar por esa vía libres de amenazas. Al terminar su mandato, Don Tomás se dedicó a ser prestamista. ¿Quién lo diría? Aquel que tuvo problemas en pagar sus obligaciones terminó usufructuando de las deudas de los demás.

A Doña Talía muchos le perdieron el rastro. Luego de las concurridas funciones en el Café, y una vez el escándalo y la repartición de la herencia pasaron a un segundo plano, ella vendió ambos locales, agarró sus fotos y sus cosas y nadie más la volvió a ver en el pueblo. Unos dijeron que se fue a vivir a una casa perdida en la montaña mientras otros aseguran que regresó a la capital y que la habían visto en televisión. Sus dos locales volvieron a ser uno y, tal como me lo había anticipado, en su lugar pusieron un prostíbulo.

La boutique de Clara pasó a ser una tienda de abarrotes. Creo que a la señora le habría dado un patatús al ver que, en lugar del rosado, las telas y los perfumes, en su antiguo local reinaba el color marrón y los costales con olor a tierra y cebolla, ¿pero le habría importado? A ella le interesaba vender todo y por eso se deshizo del local a la primera oferta que le hicieron. Con la casa fue más complicado.

De todo esto me enteré porque cuatro años más tarde recibí una invitación para visitar El Matoyal. Era del abogado, Carlos Vivas, mi antiguo asistente quien, para mi sorpresa, no solo recompuso su nombre, sino su vida. Se había convertido en un hombre independiente y emprendedor. Cuando me enteré de la razón, pensé que me estaba tomando el pelo: me invitaba a la inauguración de su centro de estudios. Yo le dije que lo felicitaba y que haría lo posible por conocer el sitio, pero él insistió en que debía estar presente el día de la inauguración, para lo cual se ofreció a alojarme en su casa. Cuando dijo "su casa" entendí que hablaba en serio.

Siempre me pareció que Vivas iba a ser un mantenido de la mamá, pues no era un tipo que se fuera a destacar por sus estudios, sino por su labia y viveza, así que me causó curiosidad saber qué lo había llevado a adoptar el gusto por la academia. Cuando me explicó que en su centro de estudios se iba a enseñar Derecho, Administración de Empresas, Contabilidad, Computación e Informática y otras carreras técnicas, pensé que había montado una de esas universidades de medio pelo. De todos modos, acepté ir.

Al llegar al pueblo, me llevé una sorpresa tras otra. Nos pusimos una cita en mi antigua oficina y me di cuenta de que allí funcionaba la sede de "Yo Pago", el negocio de Don Tomás Servino. Me contó que le iba bien y que se sentía honrado de trabajar en aquel local porque lo hacía sentir tan importante como yo. Yo le dije que es satisfactorio cuando la gente lo ve a uno como alguien importante, pero que la importancia realmente se la da uno mismo. Cualquier cosa que le hubiera dicho habría caído en saco roto. Don Tomás estaba feliz de verme y no paraba de decirnos que nos vería el día de la inauguración.

Luego, Vivas me llevó en su moderno automóvil nada más y nada menos que a la casa de Clara Escalante. Por un momento pensé que quería recordarme el pasado y cuando nos bajamos casi no reconocí el lugar. A la fachada le habían agregado unos elementos arquitectónicos rimbombantes y un arco con columnas dóricas sobre el cual había un letrero que decía "Instituto Llano". Creí que era una broma, pero antes de aclararme porqué había escogido mi apellido, Vivas me contó que Clara no tardó mucho en irse de El Matoyal junto con su marido quien, según contaron los que lo vieron, no se le despegó ni un segundo. La boutique la vendió a huevo, y con la casa tuvo algunos problemas porque un mafioso se la quiso comprar. Según mi exsecretario, Clara vendió la casa por mucho menos de su valor, y eso me hizo pensar en dos cosas: o ella quiso deshacerse de esa propiedad rápidamente sin importarle el precio o el tipo la amenazó para sacarle provecho.

En cuanto a las modificaciones de la fachada, Vivas me explicó que habían sido obra del nuevo dueño. También me dijo que poco después al tipo lo mataron y que nadie se atrevió a reclamar la casa, por lo cual quedó desocupada o más bien, como aclaró, los ladrones se encargaron de desocuparla. El inmueble, me informó Vivas, siguió abandonado y supuso que era porque nadie se atrevía a meterse con la propiedad de un mafioso, pero luego comenzó a averiguar y se dio cuenta de que la casa no tenía un dueño real. El mafioso en cuestión usó un testaferro y, según Vivas, esa figura resultó ser una persona ficticia, de modo que presentó una oferta, se hizo cargo de la regularización catastral, pagó impuestos y no sé qué influencias pudo haber movido, pero gracias a un préstamo personal y a Don Tomás, que en ese momento era alcalde, logró hacerse con la casa.

Cuando le pregunté a Vivas sobre el nombre del instituto me confesó que de mí había aprendido muchas cosas, no solo de Derecho sino de supervivencia. Me reveló que siempre admiró la forma como yo había sorteado todo el asunto de Clara, "aceptando cualquier consecuencia –dijo– sin concebir la derrota".

–Hombre, Vivas. Honor que me hace –le agradecí–. En eso tiene razón. La señora me puso en aprietos, pero yo sabía que ese lío no me lo había buscado y, por consiguiente, cualquier cosa que derivara de ahí, tendría que revelar algún propósito positivo para mí. Además, yo no me iba a complicar la existencia poniéndole una demanda –aclaré–. Más bien, todo lo que pasó ayudó a replantearme algunas cosas y decidir que debía tomarme un descanso. Ese período de reflexión fue determinante para darme cuenta de que quería hacer algo distinto en mi vida.

–Yo creí que después de un año usted iba a volver y me sorprendió que renunciara, aunque no me extrañó –comentó Vivas–. Esa forma suya de emprender cualquier oficio la había visto cuando vivía acá en el pueblo.

–Creo que si uno se queda quieto le pasa lo mismo que al agua estancada: se llena de larvas y cieno.

–Eso lo entendí. Usted me inspiró a pensar fuera de mi zona de comodidad.

—Me alegro. Le soy sincero, Vivas, yo pensé que nunca iba a dejar el hotel materno y a sus amigos buenos para nada.

—¿Ya ve? Usted mismo me enseñó que con la gente no hay que extraer conclusiones prematuras —sonrió orgulloso.

—Pues le ofrezco mis disculpas. Se ve que no apliqué mi propia enseñanza.

—Usted también me enseñó que a veces la mejor enseñanza es la que se aprende varias veces.

—Así es. A menudo necesitamos repetir el mismo curso para finalmente aprobarlo.

Vivas asintió y sentí que aún mantenía esa disposición de escuchar como cuando trabajaba conmigo en el despacho. Luego de una pausa, se paró frente a mí y me dijo con tono desenvuelto y convincente:

—Oiga, doctor. ¿No le gustaría dictar algún curso en mi instituto?

—¡Vaya, qué privilegio! La verdad me sorprendes. No sé qué decir. Para mí todo esto es un honor muy grande. Primero le pones mi apellido a tu instituto y ahora me pides que enseñe en él.

—Aquí muchos lo recordamos y me parece que las futuras generaciones también deberían saber quién fue usted.

—¡Caramba! Me haces sentir como si fuera un viejo que murió hace siglos —bromeé.

—Pues por lo que a mí concierne, su legado debe seguir vivo y qué mejor forma que a través de los estudiantes. Me gustaría que aprendieran de usted.

—Me complace que pienses eso.

—Entonces, ¿qué me dice? ¿Le gustaría enseñar? No sé cuánto usted quiera cobrar, pero podemos conversarlo.

—¡Qué voy a estar cobrándote!

—¿De veras?

—¡Claro, colega! —le di una palmada en la espalda—. Me da mucho gusto llamarte así.

—Imagínese, doctor Llano. Para mí es un honor.

—Llámame Harel.

—Para mí usted siempre será el doctor Llano —pronunció con marcada importancia.

—Bueno, si así lo quieres.

—¡Qué buena noticia! Entonces mañana en la inauguración voy a anunciar que usted dictará algunas clases. Solo dígame cuántas horas quiere dar y por cuánto tiempo. Estoy en la tarea de conseguir otros profesores y su presencia va a motivar a muchos —dijo frotándose las manos.

—Por lo menos me comprometo con un semestre, ¿te parece?

—¡Uy claro, doctor! ¡Es un privilegio!

—Luego vemos los detalles. En todo caso, será un placer.

—¡Qué maravilla! Muchas gracias —hizo una de sus acostumbradas pausas para rascarse la barbilla y

222

luego me dijo–: Hay otra cosa que quería pedirle, doctor.

–¿Y cuál sería? –lo miré como si me fuera a plantear una de sus antiguas argucias.

–Mañana va a venir todo el pueblo a la inauguración. ¿Será posible que usted nos dé un discurso? Muchos van a estar felices de verlo y escucharlo.

–Bueno, creo que podría decir algunas palabras. Eso es lo que enseño ahora: el arte de hablar en público.

–¡Qué bien! Ah, y otra cosita…

–¿Qué cosita? –pregunté levantando las cejas.

Vivas quiso decirme algo, pero se detuvo.

–Mejor la descubre mañana –me miró con sus ojos avispados–. Ahora déjeme atenderlo en mi casa.

Esa noche, conocí a Vera, su esposa. No era la misma noviecita de la época cuando él estudiaba Derecho. Su nueva compañera era una Administradora de Empresas de la capital a la que tuvo que convencer, supongo que con mucho más que palabras de amor, para que se viniera a vivir a El Matoyal. Era evidente que se querían, pero además de eso, el matrimonio se perfilaba como una buena sociedad en la medida que ella iba a ser administradora y también profesora del instituto.

Durante la cena, ella me contó cosas maravillosas de su marido y yo entendí que el Vivas que yo conocí no era el mismo con el que ella se había casado. Mi exsecretario me imploraba con los ojos para que no fuera a revelar alguna de sus viejas triquiñuelas. ¿Pero qué podía decir? El tipo había cambiado. Conservaba todavía la astucia del vericueto aplicada al poder de convencimiento, pero ya no daba excusas descaradas. Las suyas ahora eran explicaciones profesionales.

Terminada la cena, Vivas me puso al día con algunas historias de gente que conocíamos. Me enteré de que Doña Benigna había muerto el año anterior y me dio alegría saber que pudo pasar sus últimos días cómodamente gracias al dinero que le había dejado Don Inocencio. Vivas también me dijo que se había encargado de la sucesión del terreno y de llevar el burro y los demás animales de la señora a la otrora finca de Don Inocencio para que allá fueran cuidados por los trabajadores.

Me contó, además, que Don Agamenón estuvo muy mal después de salir de la cárcel, que quedó casi en la ruina y que siguió maldiciendo el nuevo puente hasta que un día sufrió una embolia. El hombre dizque quedó mudo y tieso, pero luego apareció diciendo que Dios había obrado un milagro en él y que, de repente, pudo hablar y moverse otra vez.

—No sabía que Don Agamenón era creyente —expresé.

—¡Pues ahora es pastor religioso! —afirmó Vivas.

—¿Cómo?

—Así como lo oye. El tipo aseguró que había recibido un mensaje del Cielo para que fundara una iglesia y acercara las almas a Dios.

—¿Quién lo hubiera pensado? Un hombre que parecía detestar al prójimo.

—Pero allí no para la cosa. Dijo que él era la prueba viva del poder salvador de Dios y que, así como Cristo era el puente, su iglesia iba a servir también para el mismo propósito.

—Supongo —comenté desconcertado.

—Y a que no adivina cómo se llama su iglesia —me alentó a que lo descubriera.

—Creo tener una idea —hice un gesto con mis manos dibujando la unión de dos puntos.

—¡Exacto! Se llama: Iglesia del Puente Salvador.

—Muy apropiada, sin duda.

—Allí está el hombre, dando sermones con una mano que le quedó medio chueca, pero sigue siendo el mismo. Con decirle que a veces lanza unas reprimendas que asustan a la gente.

—Y así y todo quiere que los feligreses vengan a cruzar por su puente —comenté con ironía.

—Yo creo que a punta de regaños se le acaba la fe a cualquiera.

—No creo, Vivas. Hay muchas personas que alimentan su fe con la promesa de un Cielo o por miedo al castigo divino, y según lo que usted me cuenta, tal parece que la iglesia de Don Agamenón ofrece ambas cosas —señalé.

—Pero a punta de fe y sermones no se alcanzan las metas —rebatió mi exsecretario—. Hay que proyectarlas y trabajar por ellas.

—Estoy de acuerdo.

—Por eso muchos se quejan de que Dios nos los ayuda como si Él tuviera que hacer nuestras tareas.

—Muy cierto, Vivas. Y entre otras cosas, ¿qué pasó con aquel señor que se quejaba tanto porque su gallina ponía huevos en los predios de otros vecinos?

—Ah, pues a ese sus gallinas le dejaron de poner.

—¿Cómo así? —me causó extrañeza.

—Fue una cosa rara. De golpe, todas se pusieron de acuerdo.

—¿Ninguna puso más huevos?

—Ninguna, al menos en sus nidos. Se fueron todas a poner en otras partes, menos en el gallinero de él. Por más que las encerró, ellas hicieron huelga y ninguna le dio ni medio huevo.

—Ja, ja, ja. ¿Y qué hizo entonces?

—Se dedicó a criar conejos. Al menos encerrados no se le iban a otro lado. ¿Pero sabe qué? Tampoco se le reprodujeron.

—Vaya. Siempre me pregunté qué le costaba a ese hombre dejar que, de vez en cuando, su gallina pusiera donde quisiera si las demás lo seguían haciendo del lado suyo.

—Yo también pienso igual. Hay que dar para recibir —manifestó con convicción.

—Qué bueno oírlo hablar así, Vivas.

—Cómo no voy a hacerlo. Yo aprendí mucho de usted y por eso quiero darle algo también, aunque sea simbólico.

—El detalle del nombre del instituto significa mucho para mí. La verdad es que me siento muy honrado.

—Pues mañana va a ver la otra sorpresa que le tengo. Sé que le va a gustar —se alegró.

La noticia era refrescante. Una cosa es que me digan que me van a dar una sorpresa, y otra que esta vaya a ser de mi agrado. Y efectivamente, así fue, pero lo que vino después me causó una inquietud que todavía, años después, me perturba.

Al otro día, Vivas me comunicó que una vez terminados los discursos íbamos a develar "una especie de placa", y quería que yo fuera quien quitara el velo. Me explicó que, como la casa ya existía, no podíamos poner "la primera piedra", de modo que íbamos a hacer algo que simbolizara la "edificación del centro". Creí entenderlo: colocaríamos una placa como si estuviéramos poniendo el primer ladrillo, aunque el edificio ya estuviera construido. Le dije que con mucho gusto le ayudaría con el protocolo pensando en todo momento que esa era la sorpresa.

Tal como me lo anticipó, casi todo el pueblo se hizo presente. No era para menos: se trataba de la primera gran cosa que uno de sus habitantes había hecho en mucho tiempo. El nuevo alcalde habló y destacó la importancia del instituto como "motor de cambio y desarrollo", y en repetidas ocasiones se dio crédito de que aquel proyecto se diera bajo su mandato como si hubiera salido de fondos públicos. Vivas y yo apenas nos mirábamos. Luego me tocó el turno de hablar y quise alabar el empuje e iniciativa de mi exsecretario dejando en claro que "aquellos que se quedan a esperar obras y favores del gobierno son como los terneros ya crecidos que berrean detrás de la vaca porque se rehúsan a crecer y defenderse por sí solos". A juzgar por el incómodo silencio, gran parte de la audiencia se dio por aludida. Continué con mi discurso y sin dar detalles, conté que Vivas solía darme consejos, sobre todo en materia de amor, lo cual causó gracia entre la concurrencia. En una nota más seria, dije que estaba orgulloso de él y que ahora los estudiantes de El Matoyal y de los alrededores tendrían la oportunidad de recibir valiosas herramientas para salir adelante. Sin vacilaciones, puse al director como un ejemplo de superación, ambición y éxito personal, y le deseé larga vida a la institución. Los aplausos resonaron y Vivas tomó la palabra, visiblemente emocionado. Habló de su infancia y de lo que pensaba iba a ser su vida: "nada del otro mundo, muy conformista", confesó. Luego habló de mí y se regó en elogios para decir que yo lo había inspirado a hacer algo importante y significativo, y que, sobre todo, le había enseñado la importancia de servir. En medio de los aplausos el orador me pidió que me acercara para recibir junto con él la ovación. Al final de su discurso, Vivas resaltó la misión del Instituto Llano, la cual dijo era: "Formación y Servicio", y anunció que pasaríamos a inaugurar el centro.

Él me llevó hasta la entrada y descubrí que sobre los escalones había una tela. Yo pensaba que la tal placa iba a estar en una pared y no comprendí qué era lo que tenía que develar, pero Vivas se acercó y me indicó que la sorpresa estaba ahí debajo. Hicimos la pose para la foto antes del momento cumbre y cuando retiré la tela quedé maravillado. Las baldosas de uno de los peldaños habían sido removidas y sobre el otro escalón reposaba su remplazo; un largo bloque de granito con esta frase esculpida:

"La justicia siempre está a un paso de la verdad"
Harel Llano

Quedé boquiabierto y así quedó plasmada mi expresión en las fotos. Aún no me recuperaba cuando Vivas me anunció otra sorpresa. Tocó a la puerta, ¿y a quién vi salir de la casa? A mi viejo amigo, Marco Hoyos, el sepulturero.

—¡Doctor Llano! ¡Qué bueno que vino a darme una mano! —me saludó con su voz carrasposa—. ¡Aquí tiene su palustre! —me entregó uno y él se quedó con el suyo sosteniendo en la otra mano un balde con cemento.

No supe qué pensar.

—¿Le gustó como quedó? —me preguntó.

Yo apenas salía de mi asombro.

—Me demoré un mes en hacerla —dijo.

—¿Usted la hizo? —expresé con admiración.

—Así es. Quedó bonita, ¿le parece?

—Sí, es magnífica.

—¡Entonces, manos a la obra! ¡Vamos a poner la piedra! ¡Como en los viejos tiempos!

Marco Hoyos estaba igualito. Parecía uno de esos gallinazos a los que no les pasa el tiempo. Él me miraba con sus ojos pequeñitos mientras batía el cemento y me sentí de nuevo en el cementerio tal como cuando lo ayudaba a terminar las lápidas. Traté entonces de sobreponerme a tanta emoción y me puse a despejar un poco la superficie donde íbamos a colocar el bloque.

Los obreros habían quitado las baldosas del peldaño, pero todavía quedaba algo de tierra, de modo que empecé a retirarla con el palustre, y mientras despejaba la unión entre ambos escalones una ruedita saltó de entre la mugre. Al inicio pensé que era una medallita, pero a medida que la limpiaba un presentimiento me comenzó a helar la sangre. Vi que la ruedita tenía cuatro orificios. ¡Aquello no era una medallita, sino un botón de camisa!

Me lo eché al bolsillo y desatendí lo que estaba haciendo porque no dejaba de recordar el día en que encontré muerto a Don Inocencio. Él llevaba una camisa de botones oscuros y el que acababa de encontrar parecía ser uno de ellos. De repente, todo adquirió un giro extraño y tuve que hacer un gran esfuerzo para concentrarme en ayudar a Hoyos a aplicar la mezcla y poner el bloque de granito. ¿Era yo el único que me daba cuenta de lo insólito de la situación? ¡Prácticamente, estábamos poniendo una lápida en el escalón donde había caído el antiguo dueño de casa!

Volví a imaginarme los posibles escenarios: ¿Hubo un forcejeo entre Don Inocencio y Clara? ¿Pudo haber perdido él su botón cualquier otro día mientras cargaba algo? De cualquier modo, aquel botón debió desprendérsele y caer justo en la unión entre los dos peldaños, y allí había quedado recolectando tierra todos estos años.

Una vez colocada la flamante tapa traté de sonreír para una nueva tanda de fotos. En todas aparezco con una mano en el bolsillo de mi saco, pues en ella apretaba el botón. Todavía lo conservo. Lo pegué en una de las fotos que Vivas me regaló y que tengo enmarcada en mi casa.

Ese mismo día le dije a Vivas que prefería cumplir de inmediato con mi promesa de dictar un semestre de clases. Quería tomarme una pausa de mis consultorías en Puerto Real y dedicar los siguientes cuatro o cinco meses a enseñar en aquel ambiente académico. ¿¡Cómo iba a dejar pasar la oportunidad de ser uno de los primeros profesores del instituto que llevaba mi apellido!? Era el momento perfecto. Con Vera acordamos que mis clases serían: Introducción al Derecho y Oratoria.

Tener a estudiantes en un aula fue fenomenal. En Puerto Real trabajaba a nivel privado y a veces en pequeños grupos, así que la experiencia de profesor me revitalizó y despertó en mí un mayor deseo de compartir mis conocimientos en espacios más amplios como talleres y conferencias. La práctica fue muy gratificante porque compartí con jóvenes y personas maduras provenientes de pueblos y regiones vecinas que soñaban con convertirse en profesionales, muchas de ellas humildes o de limitados recursos económicos. Hacerlo gratis, además, me llenó de satisfacción y le dio un sentido más profundo a mi servicio.

Todo fue muy gratificante, pero durante el tiempo que estuve enseñando algo me tuvo intranquilo, y fue que nunca pude explicarme cómo el perfume de Clara seguía tan presente en toda la casa. Al principio pensé que quizá las paredes habían quedado impregnadas de su aroma, sin embargo, el olor me sorprendía en los momentos menos pensados; podía encontrarme en un aula, en el baño, en un corredor, en la administración, y de repente me envolvía, ni siquiera percibía un ligero indicio, sino que llegaba de lleno y sin avisar. Era como si se escondiera para asaltarme de repente. *«¿Cómo es posible que las moléculas de algo tan efímero como las de un olor puedan impregnar con tanta fuerza los muros de los recintos y las paredes de mi memoria?»*, *me pregunté.* No niego que al estar en esa casa pensaba en Clara y en lo que había sucedido, pero su perfume se manifestaba a menudo sin que su nombre cruzara por mi mente. Su aroma era tan presente que sentía que podía toparme con ella de un momento a otro.

Aún hoy no sé como explicarlo, sobre todo porque años después ese efecto siguió ocurriendo lejos de El Matoyal. A mi regreso a Puerto Real retomé mis consultorías y empecé a sacar tiempo los fines de semana para darle forma a mi inacabada novela, pero un domingo, en particular, me levanté con la idea de ponerme a escribir antes de que los imprevistos sabotearan mi impulso creador. Al salir de mi cuarto, pasé frente a la foto de la inauguración del Instituto Llano, la misma que tengo enmarcada junto con el botón. Frente a la entrada estoy yo en el centro, flanqueado por Vivas, su esposa Vera, Marco Hoyos, Tomás Servino, el alcalde oportunista y un par de asistentes. Tuve una extraña sensación cuando vi la puerta detrás de nosotros. En el fondo se percibía oscura y siempre tuve la impresión de que estaba cerrada, sin embargo, ahora, tal vez por algún efecto de decoloración del papel, aparecía entreabierta. Eso no era todo. Lo más intrigante era que en el interior de la casa había una sombra, era un borrón rosado como cuando una persona pasa de prisa y la cámara no la alcanza a enfocar. Desde luego pensé en Clara, obviamente aquel color era una coincidencia, puesto que aquel día ella no estuvo presente, así que atribuí el efecto a la alteración que pudo tener la humedad y el clima de Puerto Real sobre el fijado de la foto.

A veces las razones sirven para aquietar las dudas, pero hay vivencias que no tienen explicación. Con Clara, en particular, suceden cosas que sobrepasan mi entendimiento. Ese día, cuando me enfoqué en la puerta tratando de adivinar qué era aquella sombra, tuve la misma sensación de cuando entré por primera vez en aquella casa. Me transporté a su interior, y aunque todo por dentro estaba cambiado y la sala, el comedor y los cuartos habían sido convertidos en aulas, me sentí como en aquel día en que Clara me invitó a pasar después del entierro de Don Inocencio. Lo que más me sorprendió fue que no pude abstraerme al aroma de torta y lirios, y en especial, al de su perfume, que parecía perseguirme por doquiera que anduviese, del mismo modo como cuando estuve dictando clases en el instituto. *«Debe ser que algunas de esas moléculas se añejan mientras otras se reactivan con la química del subconsciente»*, pensé; no obstante, consideré inexplicable el hecho de que pudieran trasladarse a objetos ajenos a su entorno original. Por eso, sonará raro, pero cada vez que miro esa foto siento que de ella emana aquel perfume. A menudo, también, tengo la impresión de que Clara camina muy cerca como siguiendo mis pasos o que cuando llego a un sitio ella apenas se ha ido.

De igual modo, cada vez que veo el botón revivo ese momento y me hago las mismas preguntas: ¿Fue ella quien mató a Inocencio? ¿Se trató de un homicidio involuntario? ¿O un simple accidente?

Al parecer, Clara no tenía motivos para matarlo; ella estaba bien, gozaba de seguridad y había dejado atrás su pasado, por lo cual es de suponer que, al morir Inocencio, ella temió quedarse en el aire. Es factible que ella pensara en la eventualidad de un repentino deceso y le preocupara que él no dejara un testamento. También es posible que lo hubiera matado porque ella no iba a esperar a que un día él se muriera para ver qué le dejaba. ¿Estaba ella dispuesta a envejecer a su lado y mirar los atardeceres en la finca —como él quería— con tal de heredar sus bienes? ¿Tenía sentido esperar tanto tiempo? ¿Acaso supo de la existencia de Esperanza y por eso se anticipó a la inevitable separación que la hubiera dejado con menos de lo que aspiraba?

Quizás no llegó a planear su muerte, tal vez discutieron y ella lo empujó causando el trágico desenlace. Era una mujer fuerte, así que pudo hacerle perder el equilibrio, sobre todo si él venía con algunos tragos en la cabeza.

Lo cierto es que Clara no tuvo que responder por su intento de fraude ni por su supuesta responsabilidad en la muerte de Inocencio Cabal. En su caso, la justicia seguía estando a un paso de la verdad. Sin embargo, no pudo escapar de la ley del karma, y el suyo, diría, fue instantáneo, tal y como a ella le gustaba que fueran las cosas.

Además de quedarse con menos parte de la herencia, se le apareció el marido que creía perdido.

Desconozco si Plácido Bravo se convirtió en un esposo regenerado, pero por lo poco que me tocó ver, era evidente que seguía siendo un hombre irascible y de emociones reprimidas. Esta vez, Clara debió enfrentar a un cónyuge mucho más intenso y persistente. Dudo mucho que hubiera sido capaz de abandonarlo tan fácilmente, al menos, de inmediato. Quizá se divorciaron o a lo mejor ella se deshizo de él de forma más acorde con una revancha para hacerle pagar la osadía de reaparecérsele en su vida. En ese momento creí que eran simples conjeturas.

Lo digo porque aquel domingo entré a mi estudio y comencé a trabajar, y pasadas las diez hice una pausa para ir a la cocina a prepararme el desayuno. Mientras leía la prensa y tomaba mi café, vi a Clara sentada frente a mí sonriendo con su cigarrillo imaginario y envuelta en su levantadora rosada. Fue un fogonazo de memoria, una especie de *flashback,* pero lo que más me impactó fue que ella parecía saber lo que yo estaba a punto de descubrir.

Me sacudí el estupor y procedí a leer algunas noticias judiciales, y fue entonces cuando me topé con una que me desconcertó. Se trataba del caso de un cirujano extranjero, Dylan Gray, que supuestamente se había suicidado en las aguas de Isla Perdida. La policía encontró el cuerpo en el fondo del mar con el extremo de una cuerda atada a uno de los tobillos y el otro sujetado a un peso. La escena debió ser electrizante pues, dada la claridad del agua, el hombre parecía estar plácidamente buceando mientras observaba los magníficos corales.

El caso conmocionó a muchos por cuanto el doctor no dejó una nota acerca de su intención de quitarse la vida. Quién avisó a la policía fue su nueva esposa, Clara. La reconocí por la foto que un reportero tomó a la salida de la comisaría donde ella fue a declarar. La imagen fue repentina, algo caótica; la testigo caminaba medio oculta entre los agentes, pero aparecía tan clara como su nombre.

Quedé atónito. La noticia me impactó, más aún el hecho de que Clara me pareció como si se tratara de una amiga a la que hubiera visto hace pocos días. Caí en cuenta de que ella había estado siempre presente; me había hecho a la idea de que su constante recuerdo eran impresiones mías y que de pura sugestión sentía su perfume, incluso cuando el de otra mujer avivaba el de ella, y entendí que había tratado de verla como una cosa del pasado. Quise encontrar una justificación en el deseo encubierto de no querer aceptar lo inobjetable, pues en el fondo sabía que con ella puede ocurrir de todo, desde un hecho trágico hasta una escalofriante revelación como la que estaba a punto de descubrir.

Mis conjeturas acerca de la suerte que podía haber corrido Plácido cobraban fuerza. *«¿Le habrá pasado lo mismo que a Inocencio?», la idea me causó desasosiego.* Entre tanto, me intrigaba el aparente suicidio del nuevo esposo de Clara, así como la muerte del mafioso, solo que esta me perturbó aún más luego de enterarme de que el tipo había sido asesinado en la ciudad adonde ella se había ido a vivir. *«¿Qué hacía ese hombre allí? Si bien cualquiera hubiera podido matarlo debido a sus antecedentes, ¿por qué le ocurrió justo después de haber conocido a Clara? En últimas, ¿por qué los hombres que se cruzaban en el camino de ella terminaban marcados por la desgracia?»*, las preguntas se apilaban sin respuesta.

Decidí entonces averiguarlo. Esas muertes eran más que una coincidencia y supuse que Clara debía arrastrar una trágica estela o ser ella la muerte misma, de modo que quise desenterrar aquel misterio y perseguir su sombra a sabiendas de que su embrujo podía llevarme a la tumba.

G∴A∴G

***

Harel Llano debe sortear varios líos antes de descubrir por qué hay una estela trágica en la vida de Clara. Descubre el desenlace inesperado en la segunda parte de esta novela: LA SOMBRA DE CLARA.

OTROS LIBROS DE GUSTAVO A. GONZÁLEZ
DE VENTA EN AMAZON